Nā Hana Kupanaha a ʻĀleka
ma ka ʻĀina Kamahaʻo

Nā Hana Kupanaha a ʻĀleka ma ka ʻĀina Kamahaʻo

Na Lewis Carroll

KAHA ʻIA NĀ KIʻI E
JOHN TENNIEL

UNUHI ʻIA MA KA ʻŌLELO HAWAIʻI E
R. KEAO NESMITH

evertype
2017

Pa'i 'ia na ka/*Published by* Evertype, 73 Woodgrove, Portlaoise, R32 ENP6, Ireland. *www.evertype.com.*

Inoa kumu/*Original title*: *Alice's Adventures in Wonderland.*

ISBN-10 1-78201-166-8
ISBN-13 978-1-78201-166-8

Ho'onohonoho pa'i 'ia ma ka De Vinne Text, Mona Lisa, ENGRAVERS' ROMAN, a me ka *Liberty* na Michael Everson.
Typeset in De Vinne Text, Mona Lisa, ENGRAVERS' ROMAN, *and* Liberty *by* Michael Everson.

Nā ki'i/*Illustrations*: John Tenniel, 1865.

'Ili Puke/*Cover*: Michael Everson.

Pa'i 'ia na ka/*Printed by* LightningSource.

ʻŌlelo Mua

ʻO Lewis Carroll ka inoa kākau puke o Charles Lutwidge Dodgson (1832-1898), he mea kākau puke ʻo ia ma ke ʻano hoʻopohihihi ʻōlelo a he loea makemakika pū ʻo ia ma Christ Church ma ke Kulanui o Oxford ma ʻEnelani. He hoa kamaʻāina ʻo ia no ka ʻohana Liddell: Ua nui nā keiki a Henry Liddell, a ʻo ia ke Poʻo o ke Kulanui. He hahaʻi moʻolelo ka hana a Carroll i ke kaikamahine ʻōpiopio loa, ʻo Alice (hānau ʻia i ka 1852), a me kona mau kaikuaʻana ʻelua, ʻo Lorina lāua ʻo Edith. I kekahi lā—ʻo ia ka lā 4 o Iulai 1862—ua hele aku ʻo Carroll, kona hoaloha, ʻo ke Kahu, ʻo Robinson Duckworth, a me nā kaikamāhine ʻekolu i ka huakaʻi hoehoe waʻapā no ka pāʻina awakea ma kapa muliwai. Ma kēia huakaʻi ma ka muliwai, ua hahaʻi aku ʻo Carroll i kekahi moʻolelo no kekahi kaikamahine, ʻo Alice kona inoa, a me kāna mau hana kupanaha i lalo o kekahi lua lāpaki. Ua noi aku ʻo Alice iā ia e kākau i ia moʻolelo nāna, a i ke au ʻana o ka manawa, ua paʻa ka mana hoʻāʻo mua o ka moʻolelo. Ma hope o ke kākau hou ʻana, ua puka akula ka puke ma ka 1865, a mai ia manawa mai, ua puka nā mana like ʻole o *Alice's Adventures in Wonderland* ma nā ʻōlelo like 'ole he nui. A i kēia manawa, eia mai kekahi mana 'ōlelo Hawai'i.

Ma ke kenekulia 'umi kumamāiwa, ua pa'i 'ia nā mo'olelo he nui o nā 'āina 'ē ma ka 'ōlelo Hawai'i, e like me *Iwakālua Tausani Legue ma Lalo o ka Moana* a me *'Ivanahō*. I loko o 'Ivanahō, 'ōlelo 'ia no Uilama ka Na'i i holo mai Palani mai a na'i ma luna o 'Enelani i ka 1066, a hō'ike 'ia no kekahi māhele o ia mo'olelo ma loko o kēia ka'ao no 'Āleka. He mo'olelo 'o 'Āleka no ke kenekulia 'umi kumamāiwa, akā na'e, 'a'ole kēia kekahi o nā mo'olelo o nā 'āina 'ē i unuhi 'ia ma ka 'ōlelo Hawai'i i ia au. No laila, ua mana'o 'ia e ho'ā'o e mālama i ke kaila unuhi me ke kākau 'ana o ia au no kēia unuhi 'ana ma ka nānā nui 'ana i nā mo'olelo like 'ole o nā 'āina 'ē i ho'opuka 'ia ma nā nūpepa 'ōlelo Hawai'i i kumu ho'ohālike o ka 'ōlelo a me ka unuhi 'ana o kēia mo'olelo nei. Ma nā unuhi 'ana o ke kenekulia 'umi kumamāiwa, a'o 'ia ka po'e heluhelu 'ōlelo Hawai'i i nā mea he nui hewahewa o nā 'āina like 'ole—'o nā holoholona i loa'a 'ole ma ka pae 'āina 'o Hawai'i, nā 'ano nohona kānaka like 'ole, a me nā 'ōlelo 'ē like 'ole kekahi. Ua nui loa nō ka hoihoi o ka po'e Hawai'i o ia au i nā lāhui kānaka a me nā nohona like 'ole o ka honua nei a no ia kumu i puni ai ka po'e o ia au i nā mo'olelo o nā 'āina like 'ole.

Ma kēia unuhi 'ana, ho'ohana 'ia kekahi mau 'ano 'ikeoma Hawai'i ma ka ha'i mo'olelo 'ana, e like me ia ma ka māhele o ka Mokuna III e nuku ana ka pāpa'i kaikamahine i kona makuahine e 'ōhumuhumu ana. Palepale aku ke kaikamahine i kona makuahine i 'ole e lohe 'ia kona 'ōhumuhumu 'ana e nā holoholona ā puni lāua. Ma ia nuku 'ana, ho'opuka ke kaikamahine, "E hāmau ka leo!" a ukali akula me ka 'ōlelo, "o haunaele 'Ewa i ka Moa'e!" E like nō me nā mo'olelo o nā 'āina 'ē i unuhi 'ia ma ka 'ōlelo Hawai'i i ke kenekulia 'umi kumamāiwa i ho'ohana 'ia ai nā 'ikeoma

Hawai'i i kekahi mau manawa, penei i mana'o 'ia ai e ho'ohālike aku.

Ua unuhi hāiki 'ia kekahi o nā mele o loko o ua ka'ao nei, me ka ho'ā'o pū na'e e ho'okomo i kekahi mau 'ano o ke kaila ma'amau o ka haku mele Hawai'i 'ana, e like me ia ma ka mele ma mua o ka Mokuna I, 'o ia ho'i, "'Aui ka lā māla'ela'e", a me ka mele o ka hulahula ula o ka Mokuna X, 'o "E wiki ka hele". Eia nō na'e, ua haku 'ia kekahi o nā mele ma ke 'ano he mele hou me kona ho'okumu 'ia 'ana nō ma luna o kekahi mana'o o ka mele kumu ma ka 'ōlelo Pele-kānia, e like me ka mele ma ka Mokuna VII o ka mana 'ōlelo Pelekānia kumu, 'o *Twinkle, twinkle little bat, how I wonder what you're at*", a 'o ka mana 'ōlelo Hawai'i, 'o ia ho'i, "'Auhea 'oe, e ka 'ōpe'ape'a iki, puoho lele 'ōpe'ape'a ma ka lewa".

Ke mahalo aku nei au iā Jon Lindseth no ka ho'omaopopo 'ana mai ia'u no kēia papa hana, 'o "Alice 150" e ho'omana'o ai i ka pa'i 'ia 'ana o *Alice's Adventures in Wonderland* ma ka 2015—penei i ho'oulu 'ia mai ai wau e unuhi i ka puke a Carroll ma ka 'ōlelo Hawai'i. Mahalo nō ho'i iā Michael Everson no kona mau ho'ākāka 'ana no kekahi o nā mea pohihihi o ka mana kumu o *Alice* a no ka pa'i 'ana nō ho'i ma kekahi kaka'ina unuhi 'ōlelo. No'u iho nō nā hemahema i loa'a ma kēia unuhi 'ōlelo Hawai'i.

R. Keao NeSmith
Honolulu 2012

Ma kēia puka 'ana, ho'oponopono 'ia kekahi o ka 'ōlelo a ho'ohui 'ia kekahi kolamu nūpepa i pa'i 'ia ma ka nūpepa 'ōlelo Hawai'i, 'o *Ke Alaula*, Kēkēmapa 1, 1870.

R. Keao NeSmith
Honolulu 2017

Foreword

*L*ewis Carroll is the pen-name of Charles Lutwidge Dodgson (1832-1898), a writer of nonsense literature and a mathematician in Christ Church at the University of Oxford in England. He was a close friend of the Liddell family: Henry Liddell had many children and he was the Dean of the College. Carroll used to tell stories to the young Alice (born in 1852) and her two elder sisters, Lorina and Edith. One day—on 4 July 1862—Carroll went with his friend, the Reverend Robinson Duckworth, and the three girls on a boat paddling trip for an afternoon picnic on the banks of a river. On this trip on the river, Carroll told a story about a girl named Alice and her amazing adventures down a rabbit hole. Alice asked him to write the story for her, and in time, the draft manuscript was completed. After rewriting the story, the book was published in 1865, and since that time, various versions of *Alice's Adventures in Wonderland* were released in many various languages. And now, here is a version in Hawaiian as well.

In the nineteenth century, many stories of foreign lands were published in Hawaiian, such as *Twenty Thousand Leagues Under the Seas* and *Ivanhoe*. William the Conqueror, who came from France and conquered England in 1066, is referred to in *Ivanhoe* and also in this tale of 'Āleka. *'Āleka* is a story of the nineteenth century, though it is not one of the foreign stories that were translated into Hawaiian in that era. I decided to try and maintain the translation and writing style of the era with regard to this translation by using the foreign stories translated into Hawaiian in the nineteenth century as reference texts and models to follow with regards to the type of language and the style of translation used for this story. Through nineteenth-century translations, Hawaiian readers were taught a great many things about various countries, such as animals not found in the Hawaiian Islands and various cultures and foreign tongues. Hawaiians of that century were very curious about peoples and cultures around the world and it is for this reason that those of the era were attracted to stories from various places around the world.

In this translation, some types of Hawaiian idioms were used in the telling of the story, such as in the part in Chapter III where the daughter crab was scolding her mother who was complaining. The daughter chided her mother so that the animals around them would not hear her complaining. In scolding her, the daughter exclaims, "E hāmau ka leo!" ('Silence the voice!') followed up with, "o haunaele 'Ewa i ka Moa'e!" ('otherwise 'Ewa will riot in the Moa'e wind!'). Just as Hawaiian idioms were used at times in foreign stories that were translated into Hawaiian in the nineteenth century, I thought to follow the same approach here.

Some of the poems or songs contained in this tale were translated literally while attempting to integrate some styles of uniquely Hawaiian poetic composition, such as in the poem before Chapter I which begins with the line, "'Aui ka lā māla'ela'e", and the song of the Lobster-Quadrille in Chapter X beginning with the line, "E wiki ka hele". Some of the other songs and poems, however, are rather original compositions that are based on themes or ideas found in the original English text. An example of this is the poem found in Chapter VII of the original English version, *"Twinkle, twinkle little bat, how I wonder what you're at"*, which was rendered in Hawaiian: "'Auhea 'oe, e ka 'ōpe'ape'a iki, puoho lele 'ōpe'ape'a ma ka lewa" ('Hear me, little bat, startled, the bats take to the air').

I thank Jon Lindseth for making me aware of this project and I also thank Michael Everson for his clarifications regarding some of the obscure parts of the original *Alice's Adventures in Wonderland*. All errors or inaccuracies contained in this Hawaiian version are strictly my own.

R. Keao NeSmith
Honolulu 2012

This new edition implements a number of corrections and other changes and includes the addition at the back of an article taken from the Hawaiian language newspaper, *Ke Alaula*, 1 December 1870.

R. Keao NeSmith
Honolulu 2017

Nā Hana Kupanaha a ʻĀleka ma ka ʻĀina Kamahaʻo

Papa Kuhikuhi

'Aui ka lā māla'ela'e
  E nanea wale ana i ka niau hele;
I ke kā ma'alahi 'ana o nā hoe,
  Na kēia mau wahi lima kaupē,
Ani na'aupō ana ua wahi lima nei
  I ke kuhikuhi i ke ala.

Auē, e kēnā 'Ekolu ho'omāinoino! i kēia hola o ka pono,
  Ma lalo o ka lewa nani lua 'ole,
I ka noi i kahi mo'olelo ho'opapau aho
  E 'ōkalakala ai ka hulu manu 'ae'ae!
He aha ho'i ia mea he leo pākahi
  Ke ho'okūkū me nā elelo pākolu?

'Oa'oaka Pirima, 'a'ole o kana mai
  'O ke kēnā akula nō ia "ho'omaka 'ia aku":
Ma ka ho'omālielie mai, lana ka mana'o o Sekuna
  "He kohu 'ole ho'i ia mea!"
Kīkahō Teresia i ka mo'olelo
  'A'ole e 'oi aku i ka ho'okahi manawa o ka minuke.

Hāmau honua ihola,
  Uhai malū ma ka moemoeā
'O ke keiki moeā e ne'e palanehe ana ma ka 'āina
  'O ka 'āina kamaha'o, he 'āina hou,
Luakaha i ke kūkahekahe me ka manu, me ka
    holoholona—
  Me ka hilina'i pū he 'oia'i'o ia.

A i ke kaheāwai ʻana o ka moʻolelo
  ʻO ka maloʻo maila nō ia o ka lua wai o ka moeā,
ʻO ka noke akula nō ia o ka mea poluluhi
  E kāpae aʻe i ke kumuhana,
"ʻO ke koena i kekahi wā aku—" "ʻO ia wā aku nō
    kēia!"
Kani ka pihe o nā leo ʻoliʻoli.

Pēlā ihola i helu ʻia ai ke kaʻao o ka ʻĀina Kamahaʻo:
  ʻO ka helu pākahikahi maila nō ia,
Pela ʻia maila nā hana i paʻapela—
  Ā kaʻa ke kaʻao,
ʻO ka home ʻolu ke ala o ka pūʻulu hoʻohauʻoli,
  Ma ka maʻawe ala i ka napoʻo ʻana o ka lā.

ʻĀleka! He kaʻao o ke au kamaliʻi,
  A me ka lima lawe mālie
Waiho ʻia ma kahi e haku ʻia ai nā moeʻuhane Kamaliʻi
  He lei haku ʻia ā paʻa ma ka waihona hoʻomanaʻo,
Me he lei maemae lā o ke kamahele
  I hili ʻia ai ā paʻa ma ka ʻāina ʻē.

I Lalo o ka Lua Lāpaki

E moloā ana ʻo ʻĀleka i ka hoʻonanea me kona kaikuaʻana ma ke kapa muliwai, ʻaʻohe wahi hana e hana ai: hoʻokahi a ʻelua paha manawa, kiʻei ʻo ia i ka puke a kona kaikuaʻana e heluhelu ana, akā, ʻaʻohe kiʻi, ʻaʻohe pāpā ʻōlelo ʻana ma loko, "a he aha hoʻi ka waiwai o ka puke," i noʻonoʻo ai ʻo ʻĀleka, "inā ʻaʻohe wahi kiʻi a pāpā ʻōlelo ʻana paha?"

No laila, e hoʻoholo ana ʻo ia i loko ona iho (a ke ʻano pōnīnī maila ʻo ia i ka maka hiamoe i ka wela ikiiki o ia lā) inā he makepono ka hoʻopauaho ʻana i ke kū ʻana a hele i ka ʻako hele i ka pua nehe a hana lei nō hoʻi, a i ia wā koke iho nō, ʻo ka hoʻohala kikī maila nō ia o kekahi Lāpaki Keʻokeʻo me nā maka ʻākala ma kahi kokoke iā ia.

ʻAʻohe nō mea kupanaha loa o kēia; ʻaʻole hoʻi ʻo ʻĀleka i noʻonoʻo nui i ke ʻano ʻē o ka lohe ʻana i kēia Lāpaki ma ka ʻī ʻana, "Auē hoʻi ē! Auē hoʻi ē! E lohi loa wau!" (i kona noʻonoʻo hou ʻana ma hope iho, manaʻo aʻela ʻo ia he pāhaʻohaʻo loa ia mea, akā, i ia wā nō hoʻi, me he mea lā, he mea maʻamau ia); akā, i ka unuhi ʻana o ia Lāpaki i kekahi

uaki mai loko mai o ka pākeke o kona pūliki a nānā i ia mea,
a laila, holo kikī i kahi ʻē, hikilele aʻela ʻo ia i ka hoʻomaopopo
ʻana ʻaʻole ʻo ia i ʻike mua i kekahi lāpaki me ka pākeke pūliki
a i ʻole kekahi uaki e unuhi ai mai loko mai o ia mea, a no
kona hoihoi i kēia mea ʻano ʻē, holo akula ʻo ia ā kekahi
ʻaoʻao o ka pā e alualu iā ia, a hōʻea akula ʻo ia i ka wā
kūpono e ʻike ai iā ia e mio ana i loko o kekahi lua Lāpaki ma
lalo o ka laʻalāʻau.

ʻAʻole i liʻuliʻu a mio pū ihola ʻo ʻĀleka me ka noʻonoʻo ʻole
iki i ke ala e hoʻi hou mai ai.

He ala hele pololei kēia ana, a ʻaʻole i lōʻihi loa a hōʻea
akula ʻo ia i kekahi lua, a no ka pūʻiwaʻiwa o ka manaʻo o
ʻĀleka, ʻaʻohe manawa e noʻonoʻo ai i ke kū ʻana, a hāʻule
ana ʻo ia i lalo loa o kekahi lua kūhohonu loa.

He hohonu palena ʻole ka lua, a i ʻole paha, ua mālie loa kona hāʻule ʻana, no ka mea, ua nui kona manawa ma ka hāʻule ʻana e nānā ai ā puni ona me ka haʻohaʻo pū i ka mea e hana ʻia mai ana. ʻO kāna hana mua, hoʻāʻo akula ʻo ia e nānā i lalo e ʻike i ka mea e hiki mai ana, akā, ua pōuliuli loa; a laila, nānā akula ʻo ia i nā paia o kēia lua a ʻike aʻela ʻo ia ua piha i nā haka kau kīʻaha me nā puke: ʻike aʻela ʻo ia i nā palapalaʻāina a me nā kiʻi e kaukau ana ma ʻō a ma ʻaneʻi i paʻa ma nā pine. Ua lālau aku ʻo ia i kekahi ʻōmole mai kekahi haka mai, iā ia e hoʻohala ana: ua māka ʻia me ka ʻōlelo, "KELE ʻALANI ʻAWAʻAWA", akā, minamina ʻo ia, no ka mea, ua hakahaka: ʻaʻole ʻo ia i makemake e hoʻokuʻu i ka ʻōmole o make kekahi poʻe, no laila, hoʻihoʻi pono akula ʻo ia i ia mea ma luna o ka haka, iā ia e hoʻohala ana.

"Hm!" i noʻonoʻo ai ʻo ʻĀleka i loko ona. "Ma hope o kēia hāʻule ʻana, he mea ʻole nō hoʻi ka palahuli ʻana mai luna mai o ke alapiʻi o ka hale! E nānā ʻia mai wau he makoa wale nō! He mea ʻole hoʻi iaʻu, pēia pū ke hāʻule wau mai luna mai o ka hale, ʻeā!" (A he ʻoiaʻiʻo nō paha ia.)

Mau nō ka hāʻule ʻana i lalo. He pau mai koe anei kēia hāʻule ʻana? "ʻEhia lā mau mile i hāʻule ai wau ā hiki i kēia manawa?" kāna i ʻī ai. "Ke kokoke akula nō paha wau iā waenakonu o ka honua. Pehea lā: he ʻehā nō paha kaukani mile kēia—" (no ka mea hoʻi, ua hoʻopaʻa ʻo ʻĀleka i nā mea he nui me kēia ma ke kula, a ʻaʻole nō paha kēia he manawa kūpono e kaena ai i kona akamai, ʻoiai ʻaʻohe wahi poʻe e hoʻolohe mai ai iā ia, oia mau nō he maikaʻi ka hoʻomaʻamaʻa ʻana i ka haʻi ʻana) "—ʻae, ʻo ia nō paha ka lōʻihi pololei— akā naʻe, haʻohaʻo wau i koʻu Lakikū me ka Lonikū i kēia manawa." (ʻAʻole i maopopo iā ʻĀleka ia ʻano mea he Lakikū me ka Lonikū, akā, manaʻo akula ʻo ia he mau huaʻōlelo nani ia e hoʻopuka ai.)

Hoʻomau akula ʻo ia. "Haʻohaʻo wau inā e puka pū wau ma kēlā ʻaoʻao aku o ka honua! Kupanaha nō kā hoʻi. E puka

9

wau i kahi o kēlā lāhui e hele wāwae ana me ko lākou mau
po'o e kūlou ana i lalo! 'O ia paha kēlā 'āina, 'o 'Anatipati—"
(ua 'ano hau'oli nō 'o ia 'a'ohe wahi po'e e ho'olohe mai ai iā
ia i kēia manawa, no ka mea, me he mea lā, 'a'ole nō pololei
kēlā inoa) "–akā ho'i, kūpono ia'u ke nīele aku iā lākou i ka
inoa o ka 'āina. Ma ke 'ano ē, Aloha 'oe e ka wahine, 'o
Nukīlani kēia a i 'ole Nūhōlani?" (a ho'ā'o akula 'o ia e
kūlou, iā ia e wala'au ana—kupanaha nō ho'i ke kūlou 'ana,
iā 'oe e hā'ule ana ma ka lewa! 'A'ole, he lapuwale ka nīele
'ana: malia paha e 'ike wau i ka inoa i palapala 'ia ma kekahi
wahi."

Mau nō ka hā'ule 'ana i lalo. 'A'ohe wahi mea e hana ai, no
laila, ho'omaka hou 'o 'Āleka i ka wala'au. "E ha'o loa ana
'o Daina ia'u i kēia ahiahi i ku'u mana'o!" ('o Daina ka
pōpoki.) "Mana'olana wau e ho'omaopopo lākou i kāna pā
waiū i ka 'aina ahiahi. E Daina ē! Inā 'o 'oe pū kekahi i lalo
nei me a'u! Minamina 'a'ohe 'iole ma ka lewa, akā, hiki paha
iā 'oe ke hopu i ka 'ōpe'ape'a, a ua like nō paha ia me ka 'iole.
Akā, he 'ai ka pōpoki i ka 'ōpe'ape'a, pehea lā? A i ia wā nō,
ho'omaka maila e 'ano maka hiamoe 'o 'Āleka, a ho'omau 'o
ia i ka 'ōlelo iā ia iho ma ke 'ano maka hiamoe, "He 'ai ka
pōpoki i ka 'ōpe'ape'a? He 'ai ka pōpoki i ka 'ōpe'ape'a?" i
kekahi manawa, "He 'ai ka 'ōpe'ape'a i ka pōpoki?" no ka
mea, no ka hiki 'ole iā ia ke pane i kekahi o ia mau nīnau, he
mea 'ole ho'i ka nīnau. Ua 'ike nō 'o ia i kona lilo i ka hiamoe
a 'o ka ho'omaka akula nō ia o kona moe'uhane no ka hele
wāwae 'ana me ka pa'a lima pū me Daina me ka 'ōlelo pū iā
ia ma ke 'ano koikoi, "E Daina ē, e ha'i mai i ka pololei: ua
'ai nō 'oe i ka 'ōpe'ape'a ma mua?" a i ia wā koke iho nō,
pahū! pahū! kau ana 'o ia ma luna o kekahi pu'u lā'au me nā
lau malo'o. Ua pau ka hā'ule 'ana.

'A'ole i 'eha iki 'o 'Āleka a 'emo 'ole nō a kū ana 'o ia i luna:
nānā a'ela 'o ia i luna, akā, ua pouli pū ma luna ona: aia i
mua ona kekahi ala hele lō'ihi a ua 'ike nō 'o ia i ka Lāpaki

Keʻokeʻo e mio ana ma ia ala. ʻAʻole hiki ke milimili: mio pū akula ʻo ʻĀleka, hemo loa ka pāpale, a ʻo ka lohe akula nō ia o ka ʻōlelo a ia Lāpaki, iā ia e huli ana ma ke kihi, "Auē kuʻu pepeiao me ka ʻumiʻumi, ke hala maila ka Puʻulena!" Ua kokoke nō ʻo ia ma hope o ka Lāpaki i kona huli ʻana ma ke kihi, akā, ua nalowale ka Lāpaki: kū ana ʻo ia ma kahi keʻena lōʻihi a haʻahaʻa a e ʻā ana kekahi mau ipukukui e lewalewa nei mai ka huna mai.

He mau ʻīpuka nō ā puni kēia keʻena, akā, ua pau pū lākou i ka laka ʻia; a i ka pau ʻana o ke kaʻapuni ʻia o ke keʻena me ka hoʻāʻo hele ʻana i ka wehe i kēlā me kēia puka, hele wāwae akula ʻo ia me ke kaumaha ma waenakonu me ka haʻohaʻo pū inā e puka hou ʻo ia i waho.

ʻAʻole i liʻuliʻu a loaʻa iā ia kekahi pākaukau ʻekolu ona wāwae, he aniani paʻa wale nō: ʻaʻohe wahi mea ma luna koe kekahi kī kula, a ʻo ka noʻonoʻo mua ʻana hoʻi o ua ʻĀleka nei, na kēia kī e wehe i kekahi o nā puka o ua keʻena nei; akā hoʻi, hoka! ua nui loa ka puka kī o kekahi a liʻiliʻi loa paha ke kī, eia nō naʻe, ʻaʻohe hemo mai o kekahi o ia mau mea. Akā naʻe, ma ka ʻelua o ke kaʻapuni ʻana, hōʻea akula ʻo ia i kekahi pale pukaaniani haʻahaʻa āna i ʻike ʻole ai ma mua, a ma hope o ia mea kekahi ʻīpuka liʻiliʻi he ʻumi kumamālima paha ʻīniha ka lōʻihi: hoʻāʻo akula ʻo ia i ke kī kula liʻiliʻi ma ka laka a hauʻoli aʻela ʻo ia i ke kūpono!

Wehe akula ʻo ʻĀleka i ka puka a ʻike aʻela e waiho ana kekahi ala hele hāiki, ʻaʻole i nui aku i kekahi lua ʻiole: kukuli ihola ʻo ia a nānā i ke ala hele a ʻike aʻela i kekahi kīhāpai nani lua ʻole. ʻIʻini ihola ʻo ia e haʻalele i ia keʻena pouli a hele wāwae ma waena o nā māla pua ʻālohilohi a me nā pūnāwai ʻoluʻolu, akā, ʻaʻole nō i hiki iki iā ia ke hōʻō i kona poʻo i loko o ka ʻīpuka; "inā hoʻi i hiki ke komo kuʻu wahi poʻo i loko," i noʻonoʻo ai ua ʻĀleka nei, "ʻaʻohe waiwai inā ʻaʻohe komo kuʻu mau poʻohiwi. Auē nō hoʻi ē, inā i hiki iaʻu ke pani e like me ka ʻohenānā! Hiki nō, inā i ʻike wau i ka hana ʻana pēlā."

No ka mea hoʻi, ua nui ʻino loa nā mea ʻano ʻē i hana ʻia aʻela a hoʻomaka akula ʻo ʻĀleka e manaʻo ʻaʻole i nui nā mea i hiki ʻole ke hana ʻia.

Me he mea lā he makehewa ke kali ʻana ma kahi o ka ʻīpuka, no laila, ua hoʻi aku ʻo ia i kahi o kēlā pākaukau me ka manaʻolana iki aia kekahi kī ʻokoʻa ma luna a i ʻole hoʻi kekahi puke e hoʻākāka ana i nā lula no ka papani ʻana i ke kanaka e like me ka ʻohenānā: i kēia manawa, ua loaʻa iā ia kekahi ʻōmole liʻiliʻi ma luna, ("ʻaʻole i loaʻa ua mea nei ma mua aʻe nei," wahi a ʻĀleka), a ua nīkiʻi ʻia ihola ma ka ʻāʻī o ua ʻōmole nei kekahi lepe pepa i palapala ʻia ai ka ʻōlelo "E INU IAʻU" ā nani loa ma nā huapalapala nui.

Maikaʻi nō ka ʻōlelo ʻana "E inu iaʻu," akā, ʻaʻole e hana koke ua ʻĀleka nei pēlā me kona naʻauao pū nō. "ʻAʻole, e nānā wau ma mua," kāna i ʻī ai, "inā māka ʻia ka ʻōlelo "lāʻau make" a ʻaʻole paha"; no ka mea, ua heluhelu ʻo ia i

kekahi mau moʻolelo maikaʻi ma mua no kekahi mau keiki i
wela i ke ahi a pau i ka ʻai ʻia e kekahi mau holoholona a me
nā mea ʻino like ʻole no ko lākou hoʻomaopopo ʻole ʻana i nā
lula maʻalahi a ko lākou mau hoa i aʻo mai ai: ʻo ia hoʻi, e
wela ʻoe i ka ʻōʻōahi ʻenaʻena ke ʻoe hoʻopaʻa me kou lima ā
lōʻihi; a inā moku loa kou manamana lima i ka pahi, e kahe
nō paha ke koko; a ʻaʻole ʻo ia i poina inā inu ʻoe mai loko mai
o kekahi ʻōmole i māka ʻia ai me ka ʻōlelo "lāʻau make", he
ʻano ʻē mai nō koe ka ʻōpū.

Akā nō naʻe, ʻaʻole i māka ʻia kēia ʻōmole me ka ʻōlelo
"lāʻau make", no laila, hoʻāʻo akula nō ʻo ʻĀleka, a i kona ʻike
ʻana he ʻono (ua ʻike ʻo ia ua huihui ʻia nā ʻono like ʻole he
keli, haukalima, halakahiki, pelehū i ʻoma ʻia, kanakē kope,
me ka palaoa pāpaʻa me ka waiūpaka), a inu akula nō hoʻi ʻo
ia ā pau loa.

*　　*　　*　　*

*　　*　　*

*　　*　　*　　*

"Ke ʻano ʻē maila nō wau!" wahi a ʻĀleka; "ke papani maila nō paha wau e like me ka ʻohenānā."

A pēlā ihola nō kā: ʻemo ʻole nō a he ʻumi ʻīniha wale nō kona lōʻihi, a hauʻoli maila ʻo ia i ka noʻonoʻo ʻana ua kūpono kona lōʻihi no ke komo ʻana aku i loko o ka ʻīpuka liʻiliʻi ā hemo ma kēlā kīhāpai nani. Akā hoʻi, ua kali iki ʻo ia he mau minuke ma mua o ke komo ʻana e ʻike inā e hoʻomau ana kona emi ʻana: ua ʻano haʻalulu nō kona naʻau, "no ka mea, he pau mai nō koe paha au i ka pio e like me ka ihoiho," wahi a ʻĀleka iā ia iho. Pehea hoʻi au inā pēlā?" a haʻohaʻo akula ʻo ia i ke ʻano o ka lapa ahi o ka ihoiho ma hope o kona puhi ʻia ʻana ā pio, no ka mea, ʻaʻole ʻo ia i hoʻomaopopo i ka ʻike aku i kekahi mea me kēlā ma mua.

A hala kekahi wā pōkole, a ma hope o ka ʻike ʻana ē ʻaʻohe mea hou aku i hana ʻia, hoʻoholo aʻela ʻo ia e komo koke aku i kahi o ke kīhāpai; akā, hoka aʻela ua ʻĀleka nei! i kona hōʻea loa ʻana i ka ʻīpuka, ua hoʻomaopopo aʻela ʻo ia ua haʻalele mai ʻo ia i ke kī kula liʻiliʻi, a i kona hoʻi loa ʻana i ka pākaukau e kiʻi ai, ua ʻike aku ʻo ia ua kiʻekiʻe loa ia i luna: ua ʻike akāka nō ʻo ia i ia mea ma kēlā ʻaoʻao o ke aniani, a hoʻāʻo nui akula ʻo ia e pinana ma luna o kekahi o nā wāwae o ka pākaukau, akā, ua nui loa ka pakika; a i kona pauaho ʻana akula i ka noke ʻana, noho ihola ʻo ia i lalo a uē.

"Ei nei, makehewa wale nō ka uē ʻana me nēia!" wahi a ʻĀleka iā ia iho ma ke ʻano nuku; "ʻO kaʻu kauleo iā ʻoe, e hele ʻoe i kahi ʻē ʻānō!" He mea maʻamau ke akamai o kona aʻoaʻo ʻana iā ia iho (akā, ʻaʻole nō ʻo ia hoʻolohe nui), a i kekahi manawa, nuku ʻino ʻo ia iā ia iho ā hāloʻi kona mau maka; hoʻokahi manawa, hoʻomaopopo aʻela ʻo ia i kona

14

ho'ā'o 'ana e kīkoni i kona lae pono'ī nō no ka hana 'āpiki 'ana iā ia iho ma ka ho'okūkū 'ana iā ia iho ma ka pā'ani kolokē, no ka mea, he nanea kēia keiki i ka ho'omeamea he 'elua po'e 'o ia. "Akā, he makehewa wale nō i kēia manawa," pēlā 'o 'Āleka mana'o ai, "ke ho'omeamea he 'elua po'e kānaka wau! 'A'ohe mea nui kūpono e piha ai ho'okahi kanaka kūpono!"

'A'ole i li'uli'u a 'ike 'o ia i kekahi pahu aniani li'ili'i e waiho ana ma lalo o ka pākaukau: wehe a'ela 'o ia a loa'a iā ia kekahi mea'ono li'ili'i loa ma loko, a ma luna o ia mea ka 'ōlelo "E 'AI IA'U" i kaha maiau 'ia ai me ka hua 'ōhelo. "'Ē, e 'ai nō wau," wahi a 'Āleka, "a i ho'onui 'ia au, hiki ia'u ke hopu i ke kī; a i ho'ēmi 'ia au, hiki ia'u ke kolo ma lalo o ke pani puka; no laila, inā pēlā a pēia paha, e hō'ea aku nō au i ke kīhāpai, a 'a'ole au nānā i ka hopena!"

Ho'ā'o akula 'o ia i wahi 'āpana li'ili'i, a 'ī ihola 'o ia iā ia iho ma ke 'ano ku'ihē, "Pehea lā? Pehea lā?" me ke kau pū 'ia o kona lima ma luna o ka piko o kona po'o e 'ike ai inā e ulu ana paha a 'a'ole paha; a ua nui kona pū'iwa i ka 'ike aku ua like nō ā like kona nui. 'O ka 'oia'i'o, pēlā nō ke 'ai 'oe i ka mea'ono; akā, ua hele ā ma'a loa 'o 'Āleka i ka 'upu i ka mea kupanaha a pāha'oha'o loa, a no laila, me he mea lā he manakā a lapuwale wale nō ke ola ma'amau.

No laila, ua ho'omau 'o ia i ka 'ai ā pau loa ka mea'ono.

*   *   *   *

*   *   *

*   *   *   *

MOKUNA II

Ka Puna Waimaka

"'Ano 'ē loa, 'ano 'ē loa!" 'uā akula 'o 'Āleka (no kona pū'iwa'iwa loa, e hō'ā'ā ana 'o ia). "I kēia manawa, ke hohola loa maila wau e like me ka 'ohenānā lō'ihi loa o ka honua nei! Aloha 'olua, e o'u mau wāwae!" (no ka mea, i kona nānā 'ana i lalo i kona mau kapua'i wāwae, me he mea lā, ua mamao loa ā 'ōli'uli'u iki). "Auē nō ho'i ē, ku'u mau wāwae, pehea, na wai e ho'okomo i nā kāma'a me nā kākini na 'olua? 'A'ole loa nō paha hiki ia'u! Ua mamao loa nō wau e luhi ai i ka ho'ā'o: na 'olua nō 'olua e lawelawe—akā, he pono nō wau e hana 'olu'olu iā lāua," pēlā i no'ono'o ai 'o 'Āleka, "ma hope 'a'ole lāua hele i ko'u wahi e makemake ai e hele! Pehea lā. E hā'awi wau iā lāua i pa'a kāma'a puki hou i kēlā me kēia Kalikimaka."

A ho'omau akula 'o ia i ka ho'olālā i ka hana 'ana pēlā. "Pono e hali 'ia mai na ka mea lawe leka," kāna i mana'o ai; "a pehea ho'i kēlā 'ano, 'o ka ho'ouna 'ana i ka makana i nā wāwae pono'ī o kekahi po'e! 'Ano 'ē loa nō ke kauoha 'ana!

16

Ko ʻĀleka Wāwae ʻĀkau,
Keʻehina Wāwae,
kahi e ʻOluʻolu ai,
(me ke aloha o ʻĀleka).

Auē nō hoʻi ē, he lapuwale wale nō kaʻu ʻōlelo!"

I ia manawa nō, ua hoʻokuʻi kona poʻo i ka huna o ke keʻena: ʻo ka ʻoiaʻiʻo, ua ʻoi aʻe ʻo ia i ka ʻeiwa kapuaʻi ka lōʻihi, a lālau hikiwawe ʻo ia i ke kī kula liʻiliʻi a holo aʻela i kahi o ka ʻīpuka o ke kīhāpai.

Aloha nō kēia ʻĀleka! ʻO ka hana hoʻokahi wale nō i hiki iā ia ke hana, ʻo ia ka moe ʻana ma hoʻokahi ʻaoʻao e kiʻei ai i ke kīhāpai me hoʻokahi maka; akā, ua pau loa ka hiki ke komo: noho hou ʻo ia i lalo a uē.

"Laʻa iā ʻoe," i ʻī ai ʻo ʻĀleka, "he kaikamahine maikaʻi nō ʻoe," (kona ʻano ʻōlelo ʻana nō kēia), "kā, kēia ʻano noho a uē ʻana! Uoki kāu ʻānō, ʻānō!" Akā, hoʻomau wale akula nō ʻo ia, e kahe ikaika ana kona mau waimaka ā lana ka wai ā puni ona he ʻehā ʻīniha ka hohonu a e kahe ana ā piha kekahi hapalua o ke keʻena.

A hala aʻela kekahi wā, lohe akula ʻo ia i ka pohāpohā ʻana o nā wāwae hehihehi ma kahi mamao, a hoʻomaloʻo koke akula ʻo ia i kona mau maka e ʻike i ka mea e

hele mai ana. ʻO ka Lāpaki Keʻokeʻo nō kā ia e hoʻi mai ana,
he lole nani loa kona i kēia manawa, a e paʻa ana i kekahi
paʻa mikilima ma kekahi lima a me kekahi peʻahi ma kekahi
lima: holo ʻāwīwī loa maila ʻo ia me ka namunamu pū iā ia
iho, "Auē! Ke Kuke Wahine, ke Kuke Wahine! Auē! He piʻi
mai koe kona wela ke hoʻokali wau iā ia!"

No ke kūlana pilikia loa o ʻĀleka, ua mākaukau loa nō ʻo ia
e noi i kōkua i nā poʻe like ʻole: no laila, a ʻano kokoke maila
ka Lāpaki iā ia, ʻī akula ʻo ia me ka leo liʻiliʻi a haʻahaʻa, "Inā
he ʻoluʻolu iā ʻoe, e ke hoa—" ʻO ka hikilele ʻino ihola nō ia o

ua Lāpaki nei a hā'ule iā ia ka pa'a mikilima ke'oke'o a me ka pe'ahi a holo kikī i ka pouli e like me ka ikaika i hiki. Lālau 'o 'Āleka i ka pe'ahi a me ka pa'a mikilima a no ka wela loa o ke ke'ena, pe'ahi 'o ia iā ia iho, iā ia ho'i e wala'au ana. "Auē nō ho'i ē! 'Ano 'ē wale nō nā hana o kēia lā! I nehinei, he mea ma'amau wale nō ka hana. Ha'oha'o wau inā ua loli mai wau i ka pō nei. Pehea lā: *ua oia mau nō* wau i ko'u ala 'ana i kakahiaka nei? 'O ko'u ho'omaopopo 'ana, ua 'ano 'ē iki nō wau. Akā, inā 'a'ole wau i like, 'o kekahi nīnau, "O wai lā ho'i au?' 'Ā 'oia. *'O ia* ka nīnau nui!" A i ia manawa, no'ono'o a'ela 'o ia i nā keiki a pau āna i kama'āina ai o kona pae inā ua ho'olilo 'ia paha 'o ia 'o ia kekahi o lākou.

"Maopopo nō ia'u 'a'ole wau 'o Ada," i 'ī ai 'o ia, "no ka mea, 'ōmilomilo a loloa kona lauoho a 'a'ohe wahi 'ōmilo o ko'u; 'a'ole nō 'o wau 'o Māpela, no ka mea, nui nō ko'u 'ike, akā, 'o ia ala, li'ili'i wale nō kona 'ike! Kahi mea nō, *'o ia* nō 'o ia a *'o wau* nō wau—auē, he pāha'oha'o wale nō! E ho'ā'o wau i ka'u mau mea i 'ike ai. Pehea: 'ehā 'elima, he 'umi kumamālua, a 'ehā 'eono, he 'umi kumamākolu, a 'ehā 'ehiku—auē! 'A'ole au e hō'ea i ka iwakālua pēlā! Akā na'e, 'a'ole ka Papa 'Ālualua he hō'ike kūpono: pehea ka hō'ike honua. 'O Ladana ke kapikala o Palisa, a 'o Palisa ke kapikala o Roma—*'a'ole*, 'a'ole pololei kēlā, 'a'ole hiki! Kā! Ho'olilo 'ia mai nō paha wau 'o wau 'o Māpela! E ho'ā'o wau i ka pela iā *'Kamali'i 'ike 'ole—'*," a kau kona mau lima ma luna o kona 'ūhā me he mea lā ke pela maila 'o ia i ka paukū pa'apela a pela maila 'o ia, akā, ua 'ano 'ē ke kalakala o kona leo a ua loli nā hua'ōlelo:—

"Wakawaka niho manō
Niuhi kualā, hia'ā i ka pō
Pō Kāne, pō panopano
Wehe kaiao, kū i Kahiki

I Kahiki, kau ka hoaka
ʻOaʻoaka waha manō
Keʻu pueo, keʻu ʻalae
ʻAlalā ka manu, ale manō, pau!"

ʻĪ aʻela ʻo ʻĀleka, "ʻAʻole pēlā ka paʻanaʻau ʻana iaʻu o ka huaʻōlelo," a hāloʻi hou mai nei kona mau maka, iā ia e hoʻomau ana, "ʻO wau nō kā ʻo Māpela a he pono nō wau e noho ma kēlā wahi pupupu hale, ʻaʻohe nui ka mea pāʻani a nui ʻino loa nā haʻawina e hoʻopaʻa ai! ʻAʻole; koʻu hoʻoholo ʻana, inā ʻo wau ʻo Māpela, e noho wau ma lalo nei! Pohō wale nō ke kūlou mai ko lākou poʻo a ʻōlelo mai 'Ei nei, e puka hou mai i luna nei!' E nānā wale nō wau i luna a ʻōlelo aku "ʻO wai lā wau? E haʻi mua mai i kēlā a inā makemake wau i kēlā kanaka, e piʻi wau i luna: inā ʻaʻole, e noho wau ma lalo nei ā lilo wau ʻo wau kekahi kanaka ʻē—akā hoʻi, auē!" i haʻu ai ʻo ʻĀleka a kīkī ʻemo ʻole maila ka waimaka, *"Inā hoʻi he kūlou mai hoʻi lākou i ko lākou poʻo! Lawa loa kēia noho hoʻokahi ʻana nei!"*

Iā ia e ʻōlelo ana penei, ua nānā ʻo ia i lalo i kona mau lima a pūʻiwa ʻo ia i ka ʻike ua komo ʻo ia hoʻokahi o ka mikilima keʻokeʻo o ka Lāpaki, iā ia e walaʻau ana. *"Pehea i hiki ai iaʻu ke hana pēlā?"* kāna i noʻonoʻo ai. "Ke emi hou mai nei nō paha wau." Kū aʻela ʻo ia i luna a hele akula i ka pākaukau e ana ai iā ia iho me ia mea, a ua ʻike ʻo ia, i kona kuhi kūpono ʻana, he ʻelua paha ona kapuaʻi ka lōʻihi, a e emi hou ana ʻo ia me ka ʻāwīwī: ʻaʻole lōʻihi a hoʻomaopopo ihola ʻo ia, ʻo ke kumu o kēia, ʻo ia ka peʻahi āna e paʻa nei, a no laila, hoʻokuʻu koke ʻo ia i ia mea i ka manawa kūpono loa ma mua o ka emi ʻana ā nalowale.

"Hō, pakele māhunehune nō kā wau!" wahi a ʻĀleka i hoʻopuka ai me ka makaʻu loa i kēia loli hikiwawe, akā, hauʻoli ʻo ia i kona loaʻa iā ia iho e ola mau ana. "I ke

kīhāpai!" A holo akula ʻo ia me ka ʻāwīwī ā hiki i ka puka
liʻiliʻi; akā, aia hoʻi! ua paʻa hou ka puka liʻiliʻi i ke pani ʻia,
a e waiho ana ke kī kula ma luna o ka pākaukau e like me ma
mua, "ʻoi loa aku koʻu pilikia ma mua o ka wā ma mua," i
noʻonoʻo ai kēia keiki, "ʻaʻole loa penei koʻu pōkole i kekahi
wā ma mua, ʻaʻole loa! Auē nō hoʻi ē koʻu pōʻino!"

Iā ia e hoʻopuka nei i kēia mau ʻōlelo, ua paheʻe kona
wāwae, a ʻemo ʻole nō a pakī! he kai wale nō ā hiki i kona
ʻauae. I kona noʻonoʻo ʻana, ua hāʻule ʻo ia i loko o ke kai, a
ʻī ihola ʻo ia iā ia iho "a inā pēlā, hiki iaʻu ke hoʻi ma luna o
ke kaʻaahi." (Ua hele aku ʻo ʻĀleka i ke kahakai hoʻokahi
wale nō manawa i kona ola ʻana, a hoʻoholo aʻela ʻo ia ʻo kahi
āu e hele ai ma ke kapa kai o ʻEnelani, loaʻa kekahi mau
mīkini ʻauʻau ma ke kai, kekahi poʻe keiki e ʻeliʻeli ana ma ke
one me ke kopalā lāʻau, a he mau hale noho nō, a ma hope o
ia mau hale he kahua kaʻaahi.) Akā naʻe, hoʻomaopopo koke
ihola ʻo ia aia ʻo ia i loko o ka loko āna i uē ai i kona wā he
ʻeiwa ona kapuaʻi ka lōʻihi.

"Inā hoʻi ʻaʻole i nui loa koʻu uē ʻana!" wahi a ʻĀleka, iā ia
e ʻauʻau hele ana e huli ana i wahi e puka ai i waho. "Manaʻo

wau e hoʻopaʻi ʻia wau no kaʻu hana kolohe ma ka piholo ʻana
i loko o koʻu waimaka ponoʻī! He mea kupanaha maoli nō kā!
Akā, ʻano ʻē loa nā mea a pau o kēia lā."

I ia wā koke nō, lohe maila ʻo ia i kekahi mea e pakīpakī ana
i loko o ka loko ma kahi wahi ʻaʻole mamao loa, a ʻau akula
ʻo ia ā kokoke hou aku e hoʻomaopopo ai i ke ʻano o ia mea:
i kona nānā mua ʻana, manaʻo akula ʻo ia he palaʻo a he
hipopokamu paha ia, a laila, ʻike aʻela ʻo ia he ʻiole wale nō
kā i palahuli i loko o kēia loko e like me ia.

Manaʻo ihola ʻo ʻĀleka, "He kōkua nō paha ke walaʻau wau
i kēia ʻiole? ʻAno ʻē nō hoʻi nā mea a pau ma lalo nei, noʻonoʻo
wau he hiki nō paha i ia mea ke walaʻau: ʻaʻole pilikia ka
hoʻāʻō." No laila, hoʻomaka aʻela ʻo ia: "E ka ʻIole, maopopo
iā ʻoe ke ala e puka ai i waho o kēia loko? Nui nō koʻu piula
i kēia ʻau hele ʻana!" (Manaʻo ihola ʻo ʻĀleka penei nō paha
ke ʻano kūpono o ka walaʻau ʻana i ka ʻiole: ʻaʻole ʻo ia i hana
pēlā ma mua, akā, hoʻomaopopo ʻo ia i ka ʻike ʻana i loko o
ka Puke Piliʻōlelo a kona kaikunāne, "He ʻiole—o kekahi
ʻiole—i kekahi ʻiole—kekahi ʻiole—E ka ʻiole!") Nānā mai
nei ka ʻIole ma ke ʻano haʻohaʻo, a me he mea lā, ua ʻāwihi
mai hoʻokahi o kona mau maka liʻiliʻi, akā, ʻaʻohe ona wahi
ʻekemu mai.

"ʻAʻole paha maopopo iā ia kaʻu ʻōlelo," i manaʻo ai ʻo
ʻĀleka; "Malia paha he ʻiole Palani kēia i hiki mai me Uilama
ka Naʻi." (Me ka nui nō o kona ʻike i ka moʻolelo, ʻaʻole i
mōakāka iā ia ka nui o ka wā i hala ai ma hope o ka
moʻolelo.) No laila, hoʻomaka hou ʻo ia: "Où est ma chatte?",
ʻo ia ka hopuna ʻōlelo mua loa o kāna puke aʻo ʻōlelo Palani.
Lele honua aʻela ka ʻIole mai loko mai o ke kai, a me he mea
lā e haʻalulu ʻino ana ʻo ia i ka makaʻu loa. "Auē, e kala mai
ʻoe iaʻu!" i pane koke ai ʻo ʻĀleka me ke kānalua pū ua
hōʻehaʻeha ʻo ia i ka naʻau o kēia holoholona. "Ua poina pū
wau ʻaʻole ʻoe makemake i ka pōpoki."

"'A'ale mamake pōpoki!" i 'uī mai ai ka 'Iole me ka leo ikaika. "He makemake 'oe i ka pōpoki inā 'o wau 'oe?"

"'Ā, 'a'ole paha," i pane ai 'o 'Āleka me ka leo mālie: "mai huhū mai. Akā, inā hiki ia'u ke ho'olauna iā 'oe i ka'u pōpoki, 'o Daina: Mana'o au he makemake nō 'oe i ka pōpoki inā 'ike 'oe iā ia. He aloha kona 'ano a nahenahe ho'i," ho'omau akula 'o 'Āleka, e 'ano wala'au ana 'o ia iā ia iho, iā ia ho'i e kāpekupeku hele mālie ana ma kēia loko, "a noho a nonolo 'o ia ma kahi o ke kapuahi e palu ana i kona mau kapua'i a holoi i kona maka—a he palupalu 'o ia a 'olu'olu ke hānai iho—a 'eleu nō ho'i 'o ia i ka hopu 'iole—auē, e kala mai 'oe ia'u!" i 'uā hou ai 'o 'Āleka, a i kēia manawa, kūnāhihi pū ka 'Iole, a mana'o a'ela 'o ia ua 'eha'eha nō paha ko ia ala na'au. "'A'ole kāua e wala'au hou nona inā 'a'ole 'oe makemake."

Panepane maila ka 'Iole, "Kāua ho'i!" iā ia e ha'alulu 'oko'a ana ā hiki i ke po'o o kona huelo. "Me he mea lā, he wala'au wau no ia 'ano mea! He inaina wale nō ko'u 'ohana i ka pōpoki: 'ino'ino, 'ano 'ole, kohu 'ole ho'i ka pōpoki! Mai ho'opuka hou mai i kēlā inoa!"

ʻĪ maila ʻo ʻAleka, "ʻAʻole nō wau e hana pēlā!" iā ia e hoʻololi ana i ke kumuhana ma ka pupuāhulu. "Makemake—makemake ʻoe—i ka ʻīlio?" ʻAʻohe pane mai o ka ʻIole, no laila, hoʻomau akula ʻo ʻAleka me ka pīhoihoi: "Aia kekahi ʻīlio liʻiliʻi a ʻoluʻolu ma kahi kokoke i ko mākou hale, a makemake wau e hōʻikeʻike iā ʻoe! He terrier maka ʻālohilohi me ka huluhulu mākuʻe loloa! A hele ʻo ia e kiʻi i nā mea āu e kiola ai, a noho ʻo ia i luna a nonoi i ʻai, a me nā mea like ʻole—ʻaʻole au hoʻomaopopo i kekahi o ia mau mea—a na kekahi mahi ʻai kēia ʻīlio a mea mai ʻo ia he kōkua nui ʻo ia a he hoʻokahi haneli kālā kona waiwai ʻiʻo! Mea mai ʻo ia he pepehi ʻo ia i nā ʻiole a pau—ʻā, auē!" i ʻuā ai ʻo ʻAleka me ka leo mihi, "Ua hōʻehaʻeha hou aku au iā ia!" E ʻau ana ka ʻIole i kahi ʻē me ka ʻāwīwī i hiki a me ka pakīpakī nui o ke kai, iā ia e holo ana.

No laila, kāhea ʻoluʻolu ʻo ia iā ia, "E ka ʻIole! E hoʻi mai, ʻaʻole kāua e walaʻau no ka pōpoki a i ʻole ka ʻīlio inā ʻaʻole ʻoe hoihoi i ia mau ʻano mea!" I ka lohe ʻana o ka ʻIole i kēia, huli hoʻi maila ʻo ia a ʻau mālie i kahi ona: ua hākeakea kona maka (i ka pīhoihoi, i ka manaʻo o ʻAleka), a ʻōlelo maila ʻo ia me ka leo haʻahaʻa a me ka haʻalulu pū, "Kāua i kaʻe, a laila, e haʻi aku au iā ʻoe i koʻu moʻolelo, a laila, e ʻike ʻoe i koʻu kumu e inaina nei i ka pōpoki me ka ʻīlio."

ʻO ka hola kūpono nō paha ia e hele ai, no ka mea, e hoʻomaka ana e piha ka loko i nā manu a me nā holoholona i hāʻule i loko: ua loaʻa kekahi Kakā, he manu Dodo, he manu Lori a me kekahi ʻAeto punua, a me kekahi mau ʻano holoholona ʻano ʻē nō. Na ʻAleka i alakaʻi, a ʻau akula nā mea a pau i kaʻe.

MOKUNA III

He Heihei Pūʻulu a he Moʻolelo Lōʻihi

He pūʻulu ʻano ʻē nō hoʻi kēia i ʻākoakoa pū ma kaʻe o ka loko—pulu pū ka hulu o nā manu, a pipili ka huluhulu o nā holoholona a pulu pū nō hoʻi, he ʻaʻaka wale nō lākou, ʻaʻohe wahi ʻoluʻolu.

ʻO ka nīnau mua, pehea lākou e maloʻo hou ai: kūkā pū ihola lākou no kēia, a hala kekahi mau minuke, ua ʻoluʻolu i ka manaʻo o ʻĀleka e walaʻau ma ke ʻano kamaʻāina iā lākou, me he mea lā, ua kamaʻāina ʻo ia iā lākou mai kona wā liʻiliʻi loa mai. Ua lōʻihi kona hoʻopaʻapaʻa ʻana me ka Lori, a i ka pau ʻana, ʻaʻaka ʻokoʻa ko ia ala ʻano a ʻo kāna wale nō i ʻekemu ai, ʻo ia hoʻi, "Ua oʻo nō wau iā ʻoe, ʻoi aku koʻu naʻauao." ʻAʻole maopopo kēia iā ʻĀleka no ka maopopo ʻole iā ia ko ia ala mau makahiki, akā, hōʻole ʻokoʻa ka Lori e hōʻike mai, a no laila, ʻaʻohe mea hou aku e ʻōlelo ai.

Ma ka pau ʻana, ʻuā mai ka ʻIole me he mea lā he kūlana nui kona ma waena o lākou, ʻī maila, "E noho ʻoukou a pau a hoʻolohe mai iaʻu! *Naʻu* ʻoukou e hoʻomaloʻo!" Ua noho

lākou a pau hoʻokahi manawa ma ka lina poepoe nui, me ka
ʻIole ma waenakonu. Nānā pono akula ʻo ʻĀleka iā ia, no ka
mea, ua manaʻo nō ʻo ia e loaʻa ʻo ia i ke anu inā ʻaʻole ʻo ia
e maloʻo koke.

Hoʻopuka maila ka ʻIole ma ke ʻano kūlana hiehie. "Ahem!
Mākaukau nō ʻoukou? ʻO kēia ka mea maloʻohāhā loa i
maopopo iaʻu. E hāmau ka poʻe a pau! ʻUa noi ʻia ʻo Uilama
ka Naʻi, ka mea i ʻāpono ʻia ai kāna hana e ka pope, e hele
mai e nā ʻEnelani, ka poʻe i nele i nā alakaʻi a i maʻa hoʻi i
ka ʻāpiki me ka naʻi ʻia mai. ʻO Eduina lāua ʻo Morekara nā
kiaʻāina o Meresia a me ʻUmeberia ʻĀkau—'"
Hoʻopuka maila ka Lori me ka haʻukeke pū, "'Ā!".
"E kala mai ʻoe!" wahi a ka ʻIole me ka maka huhū, akā,
ma ke ʻano oluʻolu naʻe: "Ua ʻōlelo mai ʻoe?"
Pane maila ka Lori, "'Aʻole ʻo wau!"
Pane hou maila ka ʻIole, "Manaʻo wau ua ʻōlelo mai ʻoe."
Hoʻomau akula ka ʻIole, "Hoʻomau wau. ʻA na Eduina lāua
ʻo Morekara, nā kiaʻāina o Meresia a me ʻUmeberia ʻĀkau, i

kuahaua nona; a lilo iā Sitigana, ka ʻakipīhopa o Kanate-
bure—'"

"Lilo *ke aha*?" wahi a ke Kakā.

"*Ia mea*," i pane ʻōkalakala mai ai ka ʻIole: "maopopo loa
nō iā ʻoe ʻia mea'."

"Maopopo nō iaʻu ʻia mea' ke lilo kekahi mea iaʻu," wahi a
ke Kakā: "ʻo ka mea maʻamau, he poloka a he koʻe paha. ʻO
ka nīnau nui, he aha ka mea i lilo i ka ʻakipīhopa?"

ʻAʻole i nānā ka ʻIole i kēia nīnau, akā, hōʻeleu ʻo ia i ka
hoʻomau, "'—lilo iā ia ke kuleana e hele pū me ʻEdega
ʻAtelina e hui me Uilama a hāʻawi iā ia i ke kalaunu. ʻAʻole i
nui kā Uilama hana i kinohi. Akā, ʻo ke kīkoʻolā o kona poʻe
Nolemana—' Pehea ʻoe i kēia manawa, e ke hoa?" i hoʻomau
ai ʻo ia, iā ia e huli ana iā ʻĀleka.

"'O ia pulu mau nō," i ʻī ai ʻo ʻĀleka me ka leo ʻano
kaumaha: "ʻaʻole nō au e maloʻo nei i kāu ʻōlelo."

"Inā pēlā," wahi a ka Dodo ma ke ʻano kūoʻo, iā ia e kū ana
i luna, "ke hāpai nei au i ka manaʻo e hoʻokuʻu ʻia kēia
hālāwai i mea e ʻae ʻia ai nā manaʻo kūpono hou aʻe—"

"E ʻōlelo mōakāka mai ʻoe!" wahi a ka ʻAeto punua, "'aʻole
maopopo loa iaʻu kou manaʻo, a eia hou, manaʻo wau ʻaʻole
nō maopopo iā ʻoe kou manaʻo kekahi!" A kūlou ka ʻAeto
punua i kona poʻo e hūnā ai i kona minoʻaka: kani liʻiliʻi
maila ka ʻaka o kekahi o nā manu.

"'O kaʻu mea i manaʻo ai e ʻōlelo," i ʻī ai ka Dodo ma ka leo
ʻano nāukiuki, "'o ia hoʻi, ʻo ka mea maikaʻi e hoʻomaloʻo ai
iā kākou, ʻo ia ka heihei pūʻulu."

"He aha ka heihei pūʻulu?" wahi a ʻĀleka; ʻaʻole nō ʻo ia i
makemake loa e maopopo, akā, ua kali ʻo ia me he mea lā
pono nō *kekahi* poʻe e ʻōlelo i kekahi mea, a ʻaʻohe manaʻo o
kekahi poʻe e hoʻopuka i kekahi mea.

ʻĪ maila ka Dodo, "'o ka hana ʻoi loa e hoʻākāka ai, ʻo ia ka
hana ʻana." (A inā manaʻo ʻoe e hoʻāʻo i kēia hana, i kekahi

lā o ke kau anu, e hōʻike wau iā ʻoe i ka mea a ka Dodo i hana
ai e hoʻokō ai i kēia manaʻo.)

ʻO kāna hana mua, māka akula ʻo ia i ka lina heihei, he
ʻano poepoe kūpono (ʻolelo maila ʻo ia, "he mea ʻole kona
kiʻi,") a laila, hoʻokū ʻia nā poʻe a pau ma kaʻe ma ʻō a ma
ʻaneʻi. ʻAʻohe "kahi, lua, kolu, ʻoia," akā, hoʻomaka akula
lākou e holo e like me ko lākou makemake, a hoʻopau akula
e like me ko lākou makemake, no laila, hana nui ka hoʻo-
maopopo ʻana i ka pau ʻana o ka heihei. Akā naʻe, i ka hala
ʻana o kekahi hapalua hola paha ā maloʻo hou maila, ʻuā
koke maila ka Dodo "Ua pau ka heihei!", a hui maila lākou a
pau ā puni ka lina me ka papauaho a nīele mai, "'O wai ka i
lanakila?"

ʻAʻole i hiki i ka Dodo ke pane i kēia nīnau me ka noʻonoʻo
nui ʻole, a kū akula ʻo ia no kekahi wā lōʻihi me hoʻokahi
manamana lima e kau ana ma kona lae (ʻo ia ke kū ʻana a
kākou e ʻike ai iā Shakespeare, ma kona mau kiʻi), ʻoiai e kali
ana nā mea ʻē aʻe me ka hāmau pū. ʻAkahi nō a hoʻopuka
maila ka Dodo, "Lanakila ka poʻe *a pau*, a pono e makana ʻia
ka poʻe a pau."

"Akā, na wai e hāʻawi i ka makana?" i nīele pū mai ai
kekahi o lākou.

"*Na ia nei* hoʻi," i ʻī mai ai ka Dodo me ke kēnā pū iā ʻĀleka
me hoʻokahi manamana lima; a hoʻokē koke maila ka pūʻulu
ā puni ona me ka ʻī ʻana mai ma ke ʻano huikau, "Makana!
Makana!"

ʻAʻole i maopopo iā ʻĀleka ka hana e hana ai, a ma ka
hōʻāʻā, hōʻō akula ʻo ia i kona lima i loko o kona pākeke a
unuhi maila ʻo ia i kekahi pahu poke kanakē, (ma ka laki nō
ʻaʻole i pulu i ke kai), a hāʻawi akula ʻo ia iā lākou i makana.
Ua loaʻa hoʻokahi ʻāpana na kēlā me kēia.

"Akā, pono nō hoʻi he makana nāna kekahi," wahi a ka
ʻIole.

"'Oia hoʻi," i pane mai ai ka Dodo ma ke ʻano kūoʻo. "He aha hou aʻe ka mea ma loko o kou pākeke?" i hoʻomau ai ʻo ia ma ka huli ʻana iā ʻĀleka.

"He komo humuhumu wale nō," wahi a ʻĀleka me ke kaumaha.

"E hāʻawi mai naʻu," wahi a ka Dodo.

I ia manawa, hoʻokē hou maila lākou a pau ā puni ona ʻoiai e hāʻawi ana ka Dodo i ke komo humuhumu me ka ʻōlelo pū aku, "Ke nonoi aku nei mākou e ʻae mai ʻoe i kēia komo humuhumu nani"; a i ka pau ʻana o kāna haʻiʻōlelo iki, hoʻōho pū maila lākou i ka hulō.

Ua manaʻo ʻo ʻĀleka ua ʻano ʻē loa kēia, akā, he kūoʻo wale nō ko lākou ʻano a ʻaʻole ʻo ia i makemake e ʻaka; a no ka loaʻa ʻole iā ia kekahi manaʻo e hoʻopuka ai, kūlou wale nō ʻo ia a lawe i ke komo humuhumu ma ke ʻano kūoʻo.

ʻO kekahi mea aʻe, ʻo ia ka ʻai ʻana i nā poke kanakē: ua nui ka huikau me ka hana kuli ma kēia hana, ʻoiai ua namunamu mai nā manu nui he koʻekoʻe wale nō kā lākou, a ua puʻua nā mea liʻiliʻi a ua pono e paʻipaʻi ʻia lākou ma ke kua. Akā, ua pau ka hana, a ua noho hou lākou ma ka lina poepoe, a nonoi akula i ka ʻIole e haʻi mai i kekahi mea hou aku.

"Ua hoʻohiki mai ʻoe e haʻi mai ʻoe i kou moʻolelo," wahi a ʻĀleka, "a me kou kumu e inaina nei i ka—P me ka ʻĪ," a hoʻomau akula ʻo ia ma ka leo liʻiliʻi me ke kuʻihē iki o ʻehaʻeha hou ʻo ia ala.

"He lōʻihi a kaumaha koʻu moʻolelo!" wahi a ka ʻIole, iā ia e huli ana iā ʻĀleka me ke kaniʻuhū pū.

"ʻOiaʻiʻo kā hoʻi, he moʻolelo lōʻihi," wahi a ʻĀleka, iā ia e nānā ana i lalo me ka pāhaʻohaʻo pū i ka huelo o ka ʻIole; "akā, no ke aha he kaumaha?" A hoʻomaka akula e lalau kona noʻonoʻo ʻana, i ka ʻIole nō e walaʻau ana, no laila, penei

kona hoʻomaopopo ʻana i ka moʻolelo:—

"ʻĪ ka mea pū-
huluhulu i ka
ʻiole, āna i hui
ai ma ka ha-
le—ʻE nānā
kāua i ke
kānāwai, Na-
ʻu hoʻopiʻi.
ʻAʻole e
ʻae i ka hō-
ʻole: Po-
no ka hoʻo-
kolokolo
ʻana; ʻAʻo-
he aʻu ha-
na i kēia
kakahia-
ka.' Wa-
hi a ka
ʻiole i
ka ʻīlio
hae, ʻKē-
ia hoʻoko-
lokolo ʻana.
ʻAʻohe
kiule, ʻa-
ʻohe
luna kā-
nāwai,
hoʻopau
aho.' ʻO
wau ka
luna kā-
nāwai,
ʻo wau,
hoʻo-
kolo-
kolo
a hoʻo-
holo
ʻo
ka
ma-
ke
kou
ho-
ʻo-
pa-
ʻi.'"

"ʻAʻole ʻoe e hoʻolohe mai nei!" i nuku ʻino ai ka ʻIole iā ʻĀleka. "He aha kāu e noʻonoʻo mai nei?"

"E kala mai ʻoe iaʻu," wahi a ʻĀleka me ka haʻahaʻa: "aia ʻoe ma ka huli ʻelima, i kuʻu noʻonoʻo ʻana ē?"

"ʻAʻole hoʻi!" i ʻuā ikaika ai ka ʻIole me ka huhū ʻino.

"He hīpuʻu!" wahi a ʻĀleka, mākaukau mau ʻo ia e kōkua, a me ka nānā pū ā puni ona. "Auē, e ʻae mai iaʻu e hoʻokala aku!"

"ʻAʻole loa wau e ʻae," wahi a ka ʻIole, iā ia e kū ana i luna e hele ma kahi ʻē. "Hoʻohuhū ʻoe iaʻu ma ka walaʻau ʻana i ka mea ʻano ʻole pēlā!"

"ʻAʻole pēlā koʻu makemake!" i nonoi ai kēia ʻĀleka. "Akā, ʻeleu nō ʻoe i ka ʻehaʻeha o ka naʻau!"

Nunulu wale nō ka ʻIole ma ka pane ʻana.

"E ʻoluʻolu, e hoʻi mai, e hoʻopau i kāu moʻolelo!" i kāhea ai ʻo ʻĀleka. Komo pū nā mea ʻē aʻe ma ke kāhea ʻana, "ʻAe, ʻoia nō!" Akā, hoʻoluli wale nō ka ʻIole i kona poʻo me ka papauaho, a hōʻeleu hou aku i ka hele i kahi ʻē.

"Minamina wale nō kona noho ʻole mai!" i kaniʻuhū ai ka Lori i ka nalowale ʻana o ka ʻIole. A i ia manawa, huli aʻela kekahi Pāpaʻi luahine i kāna kaikamahine a ʻōlelo akula, "Ā, nānā ʻoe! E ao ʻoe ʻaʻole e piʻi loa kou wela!"

"E hāmau ka leo!" wahi a ka Pāpaʻi ʻōpiopio ma ke ʻano nuku, "o haunaele ʻEwa i ka Moaʻe!"

"Inā hoʻi ʻo kaʻu Daina ma neʻi nei me aʻu!" i ʻōlelo leo nui ihola ʻo ia iā ia iho. "Nāna e kiʻi hou mai iā ia!"

"A ʻo wai nō hoʻi ʻo Daina?" wahi a ka Lori.

Pane akula ʻo ʻĀleka me ka pīhoihoi, no ka mea, mākaukau mau ʻo ia e walaʻau no kāna pōpoki: "ʻO Daina kaʻu pōpōki. A helu ʻekahi ʻo ia ma ka hopu ʻana i ka ʻiole! Ke ʻoe ʻike aku ʻoe iā ia ma ke alualu manu, helu ʻekahi ʻo ia! ʻIke aku ʻo ia i kekahi manu, pau pū hoʻokahi manawa!"

Ua ʻano piʻoloke ka pūʻulu ma muli o kēia ʻōlelo a ʻĀleka. Lele honua akula kekahi o nā manu i kahi ʻē: ʻōlelo mai

kekahi manu Megepai ma ke ʻano hoʻopakele, "Pono wau e
hoʻi; ʻaʻole maikaʻi kēia ea ahiahi no kuʻu puʻu!" A kāhea
akula kekahi manu Kenele me ka leo haʻalulu i kāna mau
punua, "Mai, mai, mai, e aʻu mau keiki! Ua kani ka hola hoʻi
hiamoe!" He ʻōlelo pale kā kēlā a me kēia a hohoʻi akula
lākou, ʻaʻole liʻuliʻu a ʻo ʻĀleka wale nō i koe.
"Inā hoʻi ʻaʻole au i ʻōlelo no Daina!" kāna i ʻī ai iā ia iho
me ke kaumaha. "ʻAʻohe poʻe hoihoi iā ia i lalo nei, kainō ʻo
ia ka pōpoki helu ʻekahi o ka honua nei! Auē, e Daina ē!
Pehea lā, e ʻike hou nō paha wau iā ʻoe, ʻaʻole paha!" I ia
manawa, hoʻomaka akula ʻo ʻĀleka e uē hou, no ka mea, ua
mehameha a kaumaha loa nō ʻo ia. Akā naʻe, ʻaʻole i liʻuliʻu,
a lohe hou aʻela ʻo ia i ka pohāpohā iki o ka hehi wāwae ʻana
ma kahi mamao, a nānā aʻela ʻo ia me ka pīhoihoi a me ka
manaʻolana pū ua loli hou ka manaʻo o ka ʻIole a ua hoʻi mai.

Hoʻouna ka Lāpaki i Kekahi Pila Liʻiliʻi

ʻO ka Lāpaki Keʻokeʻo nō kā ia e hoʻi wāwae mālie mai ana me ka nānā pū ma ʻō a ma ʻaneʻi, iā ia e hele ana, me he mea lā ua nalowale kekahi mea iā ia; a lohe maila ʻo ia nei iā ia i ka ʻōlelo iā ia iho "Ke Kuke Wahine! Ke Kuke Wahine! Auē, kuʻu mau kapuaʻi! Auē, kuʻu huluhulu me ka ʻumiʻumi! E kēnā mai ʻo ia e pepehi ʻia wau, he ʻoiaʻiʻo nō! I hea kahi i hāʻule ai ia mea iaʻu? I hea lā hoʻi?" Kuhi koke ʻo ʻĀleka e huli ana ʻo ia i ka peʻahi a me ka paʻa mikilima keʻokeʻo, a ma ke ʻano ʻoluʻolu, hoʻomaka aʻela ʻo ia e huli i ia mau mea, akā, ʻaʻole i loaʻa—me he mea lā ua loli nā mea a pau mai kona wā mai i ʻauʻau hele ai ʻo ia ma ka loko, a ua pau loa ke keʻena nui, me ka pākaukau aniani a me ka ʻīpuka liʻiliʻi pū.

ʻAʻole i liʻuliʻu a ʻike maila ka Lāpaki iā ʻĀleka, iā ia nei e huli hele ana, a kāhea maila ʻo ia iā ia me ka leo huhū, "E Meleana, he aha nō hoʻi kāu hana i waho nei? E hoʻi ʻoe i ka hale ʻānō a kiʻi i paʻa mikilima a me kekahi peʻahi naʻu! E

ʻeleu!" No ka pūʻiwaʻiwa palena ʻole o ʻĀleka, holo kikī akula
ʻo ia i kahi i kēnā ai ka manamana lima me ka hoʻākāka ʻole
i kona hewa.

"Kuhi hewa ʻo ia ʻo wau kāna mea lawelawe," wahi āna ia
iho, iā ia e holo ana. "He pūʻiwa mai koe ʻo ia i ka
hoʻomaopopo mai ʻo wai lā wau! Akā, e aho e kiʻi wau i kāna
peʻahi me nā mikilima—inā loaʻa iaʻu." Iā ia e ʻōlelo ana, ua
hōʻea aku ʻo ia i kekahi pupupu hale maikaʻi, a aia ma ke
pani puka kekahi hōʻailona keleawe aʻiaʻi me ka inoa, ʻo
"LĀPAKI K." i kaha ʻia ma luna. Ua komo ʻo ia i loko me ke
kīkēkē ʻole a auau akula i luna o ke alapiʻi me ka makaʻu o
loaʻa mai ʻo ia e ka Meleana pololei a kīpaku ʻia i waho ma
mua o ka loaʻa ʻana o ka peʻahi me nā mikilima.

"He mea ʻano ʻē nō kā," wahi a ʻĀleka iā ia iho, "kēia kiʻi
hele ʻana na kekahi lāpaki! ʻO ke kauoha mai koe ʻo Daina
iaʻu i ke kiʻi hele pū kekahi!" A hoʻomaka ʻo ia e haʻohaʻo i
ka mea e kauoha ʻia mai: "'E Mise ʻĀleka! E hele mai ʻānō a
hoʻomākaukau no ka hele wāwae ʻana!' ʻEia mai nei au, e ka
neki! Akā, he pono wau e nānā i kēia lua ʻiole ā hoʻi mai ʻo
Daina i ʻole e puka hou mai ka ʻiole.' Ei kā, manaʻo au," a
hoʻomau akula ʻo ia, "'aʻole lākou e ʻae iā Daina e kū mai i
ka hale inā kauoha ʻo ia i ka poʻe kānaka me kēlā!"

I ia manawa, aia ʻo ia i loko o kekahi lumi liʻiliʻi a maʻemaʻe
me kekahi pākaukau ma kahi o ka pukaaniani, a ma luna o
ia mea (e like me kāna i manaʻolana ai) kekahi peʻahi a me
ʻelua a ʻekolu paha paʻa mikilima keʻokeʻo liʻiliʻi, a kokoke nō
ʻo ia e huli a haʻalele i ka lumi a kau kona maka ma luna o
kekahi ʻōmole liʻiliʻi ma kahi o ke aniani kū. ʻAʻohe māka i
kēia manawa e like me "E INU IAʻU", akā, wehe aʻela ʻo ia
i ka ʻumoki a kau i ka ʻōmole ma kona lehelehe. "Maopopo
iaʻu e ʻike ʻia ana kekahi hopena hoihoi," wahi āna iā ia iho,
"ke ʻai a inu paha wau i kekahi mea; no laila, e ʻike nō kākou
i ka mea e hana ʻia ana e kēia ʻōmole. Makemake nō wau e
nui hou, no ka mea, luhi au i kēia liʻiliʻi!"

A pēlā nō kā ka hopena, a me ka 'emo 'ole pū nō ho'i: ma mua o ka pau 'ana o kekahi hapalua o ka 'ōmole, e pā ana kona po'o i ka huna, a ua pono 'o ia e kūpou i 'ole e haki 'ia kona 'ā'ī. Kau hikiwawe 'o ia i ka 'ōmole ma lalo me ka 'ōlelo pū iā ia iho "Ua lawa nō kēlā—mana'olana wau 'a'ole wau e ulu hou—Me kēia, 'a'ole hiki ia'u ke puka i waho o ka 'īpuka—Inā ho'i 'a'ole au i inu ā nui me kēlā!" Aia ho'i! ua hala 'ē ka manawa no ia mana'o! Ho'omau akula kona ulu 'ana ā nui a 'a'ole i li'uli'u a ua pono 'o ia e kukuli ma ka papahele: ma hope koke iho, 'a'ole i loa'a ka lumi no kēia, a ho'ā'o akula 'o ia e moe i lalo me ho'okahi ku'eku'e lima e pili ana i ke pani puka, a me kekahi lima i pelu 'ia ma luna o kona po'o. Oia mau nō na'e kona ulu 'ana, a no ka hāiki loa, ho'opuka 'o ia i kona lima i waho o ka pukaaniani, a hō'ō ho'okahi wāwae i loko o ke kapuahi, a 'ī ihola 'o ia "'O ia wale nō ka mea hiki ke hana. Pehea ana ho'i au?"

'O ka mea laki no 'Āleka, ua kō ka mana o kēlā wahi 'ōmole li'ili'i, a ua pau ho'i kona ulu 'ana: akā ho'i, kūpiliki'i wale nō i ka hāiki, a 'oiai me he mea lā 'a'ole loa he hiki iā ia ke puka hou i waho o ka lumi, 'a'ohe o kākou pū'iwa i kona kaumaha hou 'ana.

"'Oi loa aku ka 'olu'olu ma ku'u home," i no'ono'o ai kēia 'Āleka, "'a'ohe ulu a emi 'ana me ke kēnā mau 'ia e ka 'iole a me ka lāpaki. 'Ane'ane nō a minamina wau i ko'u komo 'ana i loko o kēlā lua lāpaki—akā nō na'e—akā nō na'e—he kupanaha nō ho'i kēia 'ano ola 'ana! Ha'oha'o loa wau i ka mea i hana 'ia ia'u! I ka wā ma mua, i ko'u heluhelu 'ana i nā mo'olelo kamali'i, no'ono'o wau 'a'ole he 'oia'i'o, a i kēia manawa, ei lā wau i loko loa o kekahi mo'olelo o ia 'ano! E aho e kākau 'ia kekahi puke no'u, he 'oia'i'o nō! A aia ā ulu a'e au ā nui, na'u e kākau—akā, ua nui nō wau i kēia manawa," i ho'omau ai 'o ia ma ke 'ano kaumaha; "kainō 'a'ohe wahi lumi i koe e ulu ai *i loko nei*."

"Akā hoʻi," i manaʻo ai ʻo ʻĀleka, "e *pau* koʻu oʻo ʻana ma kēia hope aku? He nani ia, ma kekahi ʻano—ʻaʻole he luahine—akā nō hoʻi—e mau loa nā haʻawina e hoʻopaʻa ai! Kā, kohu ʻole nō hoʻi *kēlā*!"

"E kēnā ʻĀleka lapuwale!" kāna i ʻī ai iā ia iho. "Pehea e hiki ai iā ʻoe ke hoʻopaʻa haʻawina i neʻi? ʻAʻole nō lawa ka lumi *nou*, a ʻaʻohe wahi lumi no nā puke haʻawina!"

A pēlā ʻo ia i hoʻomau ai, ma ka nānā ʻana i kekahi ʻaoʻao, a laila kekahi, a pēlā ʻo ia i pāpāleo ai iā ia iho; akā, aia ā hala kekahi mau minuke, lohe akula ʻo ia i kekahi leo ma waho mai a noho mālie ihola ʻo ia e hoʻolohe.

"E Meleana! E Meleana!" i ʻī ai ka leo. "Kiʻi ʻia mai oʻu mau mikilima ʻānō!" A laila, lohe ʻia ka pohāpohā iki o nā kapuaʻi wāwae ma ka piʻi ʻana i luna o ke alapiʻi. Ua maopopo iā ʻĀleka ʻo ka Lāpaki nō ia e hoʻi mai ana e huli iā ia, a haʻalulu ihola ʻo ia ā nāueue liʻiliʻi maila ka hale, a poina pū ihola ʻo ia ua ulu aʻela ʻo ia ā pākaukani kona nui i ka Lāpaki a ʻaʻohe wahi kumu e makaʻu ai iā ia.

I ia manawa, kū maila ka Lāpaki i ka ʻīpuka a hoʻāʻo maila e wehe i ka puka; akā, he hemo ka puka i loko a ua ʻūpili ke kuʻekuʻe lima o ʻĀleka ma kēia ʻaoʻao mai o ke pani puka, no laila, ‘a‘ole i kō ia mana‘o. Ua lohe ‘o ‘Āleka i ka ‘ōlelo mai o ia leo "‘Oia, e hele wau ma kahi ‘ao‘ao mai a komo ma ka pukaaniani."

"‘A‘ole ‘oe e hana *pēlā*!" i mana‘o ai ‘o ‘Āleka, a ma hope o ke kali ‘ana ā ‘o kona kuhi ihola ia aia ka Lāpaki ma lalo iki mai o ka pukaaniani, hohola honua a‘ela ‘o ia i kona lima, a hopu kona lima ma ka lewa. ‘A‘ole ‘o ia i hopu i kekahi mea, akā, lohe ‘ia kēia ‘uī ‘ana me ka pahū ‘ana ma ka hā‘ule ‘ana, a laila, kohā a‘ela ke aniani e nāhāhā ana, a ho‘oholo ihola ‘o ia ua hā‘ule ia ma luna o kekahi haka ka‘ukama a i ‘ole kekahi mea o ia ‘ano.

Ma ia hope mai, lohe ‘ia kekahi leo huhū—‘o ka Lāpaki kā—"E Pate! E Pate! Aihea ‘oe?" A laila, he leo āna i lohe

'ole ai ma mua, "Ei lā wau ma ne'i nei! Ke 'eli'eli hele nei i
'āpala, e ka mea hanohano!"

"'Oia nō kā!" wahi a ka Lāpaki me ka huhū. "Mai! E kōkua
mai ia'u!" (Kanikani ke aniani nāhāhā.)

"'Oia, e Pate, he aha kēlā ma ka pukaaniani?"

"'Oia, he lima, e ka mea hanohano!" (He 'ano 'īhepa paha
kona 'ano.)

"He lima kā, e kēnā lōlō! He aha kēia 'ano lima nunui me
kēia nei? Piha nō ho'i ka pukaaniani i kēia mea!"

"'Oia'i'o nō, e ka mea hanohano: akā, he lima 'i'o nō ia."

"Kē! 'A'ole au nānā, 'a'ole ho'i kēia kahi kūpono no ia 'ano
mea: lawe 'ia aku i kahi 'ē!"

Ua hāmau no kekahi wā lō'ihi ma hope o kēia, a 'o ka mea
wale nō a 'Āleka i lohe ai, he leo hāwanawana i kekahi
manawa ma ka 'ōlelo mai, "'A'ole loa wau makemake i kēia
'ano, e ka mea hanohano!" "E hana 'oe e like me ka'u 'ōlelo,
e kēnā hōhē!", a i ia manawa nō, hohola hou mai nei ka lima
o 'Āleka a hopu ma ka lewa. I kēia manawa, lohe 'ia *'elua* 'uī
'ana me ke kani pū ho'i o ke aniani e nāhānā ana. "'Ehia lā
ho'i haka ka'ukama i loa'a!" i mana'o ai 'o 'Āleka. "He aha
lā kā lākou hana a'e! *Inā ho'i* i hiki iā lākou ke huki ia'u ā
hemo mai loko mai o ka pukaaniani! 'A'ole nō wau
makemake e ho'omau i ka noho i loko nei!"

Ua kali 'o ia no kekahi wā me ka lohe hou 'ole 'ana i kekahi
mea: a 'akahi ho'i ka lohe 'ia mai o ka nākulu o kekahi ka'a
pahu a me ke kani o nā leo hamumumu he nui i ka wala'au
pū: lohe a'ela 'o ia i kekahi o nā 'ōlelo: "Ai hea kekahi
alapi'i?—'A'ole nō wau i lawe mai. Ai iā Pila kekahi—E Pila!
Lawe 'ia mai!—Ei'a, kūkulu 'ia ma kēia kihi—'A'ole, e
nīki'iki'i pū ma mua—'a'ole lawa ka lō'ihi—'Ā, e lawa ana
nō. Mai pi'ikoi mai—Ei'a, e Pila! E hopu 'oe i kēia kaula—
Ikaika kūpono ke kaupoku?—E nānā pono i kēnā pili—Auē,
ke hā'ule maila! E maka'ala 'oukou!" (he kohā nui)—"Na
wai i hana i kēlā?—Na Pila nō paha—Na wai e komo i loko

o ka puka uahi?—ʻAʻole, ʻaʻole naʻu! Nāu!—ʻAʻole loa naʻu!—Na Pila nō—E Pila, mai! ʻŌlelo mai ka haku nāu komo i loko o ka puka uahi!"

"ʻŌ! Na Pila kā e komo mai i loko o ka puka uahi?" i ʻī ai ʻo ʻĀleka iā ia iho. "Hoʻokau ʻia akula nā hana a pau ma luna o Pila! ʻAʻole au e hana i ka hana a Pila no kekahi wā lōʻihi loa: ʻololī maoli nō kēia kapuahi; akā, *manaʻo* wau hiki iaʻu ke peku iki!"

Kīkoʻo akula ʻo ia i kona wāwae i loko loa o ka puka uahi e like me ka mea i hiki, a kali akula ʻo ia ā lohe aʻela ʻo ia i kekahi holoholona liʻiliʻi (ʻaʻohe ona koho i ke ʻano) e waʻuwaʻu ana me ka ʻoniʻoni pū ma loko o ka puka uahi ma luna iki aʻe ona: a laila, ʻī ʻo ia iā ia iho "ʻO kēia ʻo Pila", peku ikaika ʻo ia hoʻokahi manawa, a kali maila ʻo ia e ʻike ai i ka hopena.

ʻO kāna mea mua i lohe ai, ʻo ia ka ʻuā like ʻana o nā leo he nui e ʻī ana "Ai lā Pila ke lele ala!" a laila, ʻo ka leo hoʻokahi o ka Lāpaki i ka ʻī ʻana mai—"E hopu iā ia, ʻoukou, ma kahi o ka laʻalāʻau!" a laila, hāmau ʻokoʻa, a laila, lohe ʻia he haualaoʻa—"E hāpai i kona poʻo—E Berani—Mai ʻumi i kona pu'u—Pehea 'oe, e ke hoa? Ua aha 'ia mai nei? E ha'i mai!"

A laila, lohe 'ia kēia leo nāwaliwali ma ka 'uī 'ana mai ("'O Pila kēlā," i mana'o ai 'o 'Āleka,) "'Ā, 'a'ole maopopo loa ia'u—Mai hana hou; maika'i nō wau i kēia manawa—akā, nui loa ko'u hīkau no ka ho'ākāka aku—'o ka mea wale nō a'u i 'ike ai, he mea e like me ke Keaka-ma-ka-pahu, a e lele ana wau i luna loa e like me ke kao ahi!"

"'Ā 'oia, e ke hoa!" i 'ī mai ai kekahi po'e hou a'e.

"Pono e puhi 'ia aku kēia hale i ke ahi ā pau loa!" i 'ī mai ai ka leo o ka Lāpaki. A ho'ōho maila ka leo o 'Āleka me ka ikaika loa i hiki, "Inā pēlā, e kēnā wau iā Daina e ki'i e pepehi iā 'oukou!"

Ua hāmau 'oko'a i ia manawa nō, a mana'o ihola 'o 'Āleka i loko ona, "He aha ana kā lākou hana a'e! Inā akamai lākou, e wehe lākou i ke kaupoku." Ā hala kekahi manawa li'ili'i, a ho'omaka akula lākou e 'oni hou ma 'ō a ma 'ane'i, a lohe maila 'o 'Āleka i ka Lāpaki e 'ōlelo ana, "Ho'okahi ka'a piha, ua lawa no ka manawa."

"He ka'a piha i ke aha?" i mana'o ai 'o 'Āleka. Akā, 'a'ole i lō'ihi ka manawa e ku'ihē ai, no ka mea, 'emo 'ole nō a e helele'i li'ili'i mai ana nā 'ili'ili li'ili'i mai waho mai o ka pukaaniani, a kau maila kekahi ma luna o kona maka. "Na'u ho'opau i kēia," kāna i 'ōlelo ai iā ia iho, a 'uā akula 'o ia, "Uoki ho'i kā 'oukou!", a ua hāmau 'oko'a hou maila.

Ua 'ike aku 'o 'Āleka me ka pū'iwa, e lilo ana nā 'ili'ili li'ili'i i mea'ono li'ili'i i ko lākou kau 'ana ma ka papahele, a kupu maila kekahi mana'o akamai i loko ona. "Inā 'ai wau i kekahi o kēia mau mea'ono," kāna i mana'o ai, "e 'ike nō paha wau i *kekahi* 'ano loli o ko'u kino; a 'a'ole hiki ke nui hou a'e, no laila, e emi hou mai nō paha wau."

No laila, ua ale 'o ia i kekahi o ia mau mea'ono, a ua hau'oli 'o ia i ka 'ike aku ua ho'omaka koke e emi kona kino. A emi maila kona kino ā kūpono e puka ai i waho o ka puka, 'o kona holo akula nō ia i waho o ka hale, a ‘ike a‘ela ‘o ia i kekahi pū‘ulu ‘ano nui nō, he po‘e holoholona a me nā manu e kakali ana ma waho. Aia kēia Mo‘o, ‘o ia ‘o Pila, ma waenakonu, e ka‘iālupe ‘ia ana e ‘elua ‘iole pua‘a e ho‘ohāinu ana iā ia i kekahi ‘ōmole. Ki‘i pū koke maila lākou e hopu iā ‘Āleka i kona wā nō i ‘ō‘ili mai ai; akā, holo ikaika akula ‘o ia e like me ka mea hiki no kahi ‘ē ā hō‘ea loa akula ‘o ia i loko loa o kekahi ulu lā‘au hihipe‘a, ola nō.

“‘O ka mea mua a‘u e hana ai,” i ‘ī ai ‘o ‘Āleka iā ia iho, iā ia ho‘i e ‘auana hele ana i loko o ka ulu lā‘au, “‘o ia ka ho‘oulu hou ‘ana ia‘u iho ā ko‘u lō‘ihi kūpono; a ‘o ka ‘elua o ka hana, ‘o ia ka huli ‘ana i ke ala i kēlā kīhāpai nani. Mana‘o au ‘o ia ka hana maika‘i loa.”

Me he mea lā nō he mana‘o maika‘i loa, a he maiau a kūpono loa ka ho‘onohonoho ‘ia ‘ana; ‘o ka pilikia wale nō, ‘a‘ohe loa ona mana‘o no ka ho‘okō ‘ana; a iā ia ho‘i e ki‘ei hele ana ma ‘ō a ma ‘ane‘i o nā kumulā‘au, lohe ‘ia kēia ‘aoa winiwini a li‘ili‘i ma luna a‘e o kona po‘o a nānā a‘ela ‘o ia i luna.

Aia kekahi ‘īlio keiki pilikua e nānā ana i lalo iā ia me nā maka nunui a me ke kīko‘o hapa ‘ana ho‘i i ho‘okahi kapua‘i ma ka ho‘ā‘o ‘ana e ho‘opā iā ia. “Auē, aloha nō ho‘i!” wahi a ‘Āleka ma ke ‘ano koi ‘olu‘olu a ho‘ā‘o akula ‘o ia e hōkiokio iā ia; akā, ua kau ‘ē ka weli ona, iā ia e hana nei, a mana‘o ihola ‘o ia ua pōloli ‘o ia, a no laila, he ‘ai mai paha ia mea iā ia me kona koi pū ‘ana nō.

Me ka ho‘omaopopo ‘ole i kāna mea i hana ai, lālau akula ‘o ia i kekahi lā‘au li‘ili‘i a kīko‘o i mua o ka ‘īlio keiki: a ma ia hana, lelele ka ‘īlio keiki i luna o ka lewa me kona mau kapua‘i ma ka lewa nō i ka wā ho‘okahi, a me ka ‘alalā pū i ka pīhoihoi, ua lele ‘o ia i mua e ki‘i i ka lā‘au, a naunau li‘ili‘i akula: a laila, pe‘e akula ‘o ‘Āleka ma hope o kekahi pua kala, i ‘ole e kula‘i ‘ia ‘o ia; a puka ‘o ia ma kekahi ‘ao‘ao, lele hou maila ka ‘īlio keiki e hopu i ka lā‘au, a kuala ‘ino akula

41

'o ia ma ka pupuāhulu ma ke ki'i 'ana: a laila, holo hou akula
'o 'Āleka ma kekahi 'ao'ao o ka la'alā'au kākalaioa me ka
mana'o he 'ano pā'ani kēia me kekahi lio huki ka'a a me ka
'upu pū nō ho'i e kula'i 'ia mai 'o ia a hehihehi pū 'ia: a laila,
ho'omaka ka 'īlio keiki e lele mai he mau manawa ma ke 'ano
e ki'i mai i ka lā'au a kuemi pū akula ā mamao loa a me ka
'aoa ikaika pū, iā ia e hana ana pēia, a laila, ua noho 'o ia ma
kahi mamao loa me ka haha ikaika 'ana a me kona elelo e
lewalewa ana mai loko mai o kona waha a me kona mau
maka i pani hapa 'ia.

I ka mana'o o 'Āleka, he manawa kūpono kēia e pakele aku
ai: no laila, holo kikī akula 'o ia ā piula me ka pauaho pū, a

ā hiki ho'i i ka emi loa 'ana o ka leo 'aoa o ka 'īlio keiki no kona mamao.

"Ei kā, aloha nō ho'i kēlā wahi 'īlio keiki!" wahi a 'Āleka, iā ia e hilina'i ana ma luna o kekahi na'ena'e e ho'omaha ai, a pe'ahi akula 'o ia iā iho me ho'okahi lau. "He hoihoi wau i ke a'o i kēlā 'īlio keiki i nā hana ho'ole'ale'a like 'ole, inā— inā i kūpono ko'u nui e hana ai pēlā! Auē! Mai poina wau he pono wau e ulu hou ā nui! Pehea—*pehea* ho'i e hana ai? I ko'u no'ono'o, pono wau e 'ai a inu paha i kekahi mea, akā, 'o ka nīnau nui, "He aha?"

He 'oia'i'o nō. 'O ka nīnau nui, 'o ia ho'i, "He aha?", Nānā akula 'o 'Āleka ma 'ō a ma 'ane'i ā puni ona i nā pua a me nā lau mau'u, akā, 'a'ole 'o ia i 'ike i kekahi mea kūpono e 'ai a inu ai ho'i no kēia nohona pilikia. Aia kekahi kūkaelio nunui e ulu ana ma kahi kokoke iā ia, ua 'ano like kona lō'ihi me ia nei; a i kona nānā 'ana ma lalo a ma nā 'ao'ao 'elua a ma hope ho'i, ua komo ka mana'o i loko ona e nānā pū ma luna e 'ike ai i ka mea i loa'a ma laila.

Ho'omālō 'o ia iā ia iho ā kū nīao akula, a ki'ei akula ma luna o ka'e o ua kūkaelio nei, a hālāwai pū koke maila kona mau maka me nā maka o kekahi 'enuhe nunui uliuli e noho ana ma luna, me kona mau lima i pelu 'ia, e puhi mālie ana 'o ia i ka 'ili o kekahi ipu paka lō'ihi me ka nānā 'ole iki iā ia a i 'ole kekahi mea 'ē a'e.

Ke Kauleo 'ana o Kekahi 'Enuhe

*N*ānā pono ihola ka 'Enuhe lāua 'o 'Āleka kekahi i kekahi no kekahi wā pōkole me ka hāmau pū: a laila, wehe a'ela ka 'Enuhe i ka 'ili mai loko mai o kona waha a 'ōlelo maila iā ia nei me ka leo maka hiamoe loa.

"'O wai *'oe?*" wahi a ka 'Enuhe.

'A'ole nō kēia he wehe maika'i 'ana o ke kama'ilio 'ana. Pane akula 'o 'Āleka ma ke 'ano 'āhē iki, "'Ā, 'a'ole nō maopopo loa ia'u i kēia manawa—maopopo nō ia'u 'o wai lā wau i ko'u ala 'ana i kēia kakahiaka nei, akā, mana'o wau ua loli maila wau he mau manawa mai ia manawa mai."

"He aha nō ho'i kou 'ano?" i 'ī ai ka 'Enuhe ma ke 'ano kūo'o. "E ho'ākāka mai 'oe!"

"'A'ole hiki ia'u ke ho'ākāka ia'u iho," wahi a 'Āleka, "no ka mea, 'a'ole nō wau 'o wau. Maopopo iā 'oe?"

"'A'ole maopopo ia'u," i pane ai ka 'Enuhe.

"E kala mai, 'a'ole hiki ia'u ke ho'ākāka hou aku," wahi a 'Āleka ma ke 'ano olu'olu loa, "no ka mea, 'a'ole maopopo ia‘u ke kumu o kēia kūlana o‘u; a nui ko‘u huikau i ka loli mau o ka nui o kēia wahi kino i kēia lā.”

“‘A‘ole pēlā,” wahi a ka ‘Enuhe.

“‘A‘ole nō paha pēlā iā *‘oe*,” wahi a ‘Āleka; “akā, aia ā lilo ‘oe he wili‘ōka‘i—a pēlā ana nō ho‘i i kekahi lā e hiki mai ana—a laila, a lilo ‘oe he pulelehua, mana‘o wau e pū‘iwa a ‘ano ‘ē nō paha kou mana‘o, ‘oia‘i‘o nō ē?”

“‘A‘ole loa,” i pane mai ai ka ‘Enuhe.

“Malia paha ‘oko‘a nō ho‘i *kou* mana‘o,” wahi a ‘Āleka; “‘o ka‘u mea maopopo, he ‘ano ‘ē loa ia *ia‘u*.”

"Iā ʻoe!" i hoʻopuka mai ai ka ʻEnuhe ma ke ʻano ʻaʻaka.

"ʻO wai lā ʻoe?"

No laila, ua hoʻi hou mai lāua i kahi i hoʻomaka ai kēia kamaʻilio ʻana. Ua ʻano kūʻaki maila ʻo ʻAleka i ka panepane pōkole ʻana maila o ka ʻEnuhe, a kū pololei maila ʻo ia i luna a ʻī maila ma ke ʻano kūoʻo loa, "Manaʻo au e aho ʻoe e haʻi mua mai i *kou* inoa."

"No ke aha?" i ʻī ai ka ʻEnuhe.

ʻO kēia kekahi nīnau pāhaʻohaʻo; a no ka hiki ʻole iā ʻAleka ke noʻonoʻo i kekahi kumu maikaʻi, a no ke ʻano *ʻaʻaka* loa hoʻi o ka ʻEnuhe, ua huli ʻo ia ma kahi ʻē.

"E hoʻi mai!" i kāhea ai ka ʻEnuhe iā ia. "He mea nui nō kaʻu e ʻōlelo ai!"

He nani ia i ka manaʻo o ʻAleka, a no laila, ua huli hoʻi maila ʻo ia.

"E mālama pono i ka piʻi o kou huhū," wahi a ka ʻEnuhe.

"ʻO ia wale nō?" i ʻī ai ʻo ʻAleka me ka ʻuʻumi pū i kona huhū e like me ka mea i hiki.

"ʻAʻole," i pane ai ka ʻEnuhe.

Noʻonoʻo aʻela ʻo ʻAleka he maikaʻi ke kali ʻo ia ʻoiai ʻaʻohe nō āna hana ʻē aʻe e hana ai, a malia paha e haʻi mai kēia mea i kekahi mea kūpono o ka hoʻolohe ʻana. No kekahi wā nō, hoʻomau kēia mea i ke puhi paka me ka ʻōlelo ʻole ʻana; akā, ʻakahi nō a hohola kēlā i kona mau lima a wehe hou i ka ʻili mai loko mai o kona waha a ʻī maila, "No laila, manaʻo ʻoe ua loli ʻoe?"

"He ʻoiaʻiʻo nō, ʻeā," wahi a ʻAleka; "ʻAʻole au hoʻomaopopo i nā mea like ʻole e like me ma mua—a ʻaʻole hiki ke paʻa koʻu lōʻihi no nā minuke he ʻumi!"

"ʻAʻole ʻoe hoʻomaopopo i nā mea *hea*?" i ʻī ai ka ʻEnuhe.

"Ua hoʻāʻo akula au e pela mai iā *ʻKamaliʻi ʻike ʻole i ka helu pō*', akā, ua loli loa ka hoʻopuka ʻana!" i pane ai ʻo ʻAleka me ka leo kaumaha loa.

"E pela mai iā '*Ua 'elemakule 'oe, e Pāpā Uilama*'," wahi a ka 'Enuhe.

Kū pololei 'o 'Āleka a pela maila 'o ia:—

"*Ua 'elemakule 'oe, e Pāpā Uilama,*" wahi a ka 'ōpio,
"*Ua hina 'oko'a kou lauoho;*
Eia lā na'e 'oe ke kū mai nei i luna o kou po'o—
Pehea ho'i kō 'ano, ua o'o loa, 'a'ole anei?"

"*I ko'u wā u'i,*" i pane ai Pāpā Uilama i ka 'ōpio,
"*Hopohopo wau o 'eha 'ia ka lolo;*
Kainō, 'a'ohe wahi lolo e 'eha ai,
'O kēia ka'u hana i ia lā aku a ia lā aku."

"Ua ʻelemakule ʻoe," wahi a ka ʻōpio, "pēlā akula kaʻu,
A ua momona maila ʻoe, he molulo wale nō;
Eia lā naʻe ʻoe ua kūwalawala maila i kō komo ʻana
mai—
He aha mai nei ke kumu no ia hana?"

"I koʻu wā uʻi," wahi a ka loea me ka hoʻoluli pū i kona
lauoho hina
"Mālama wau i ka palupalu o koʻu mau lālā
I koʻu hamo i kēia lāʻau—hoʻokahi kenikeni o ka pahu—
E kālewa wau i ʻelua iā ʻoe?"

"Ua 'elemakule 'oe," wahi a ka 'ōpio, "a 'ōnāwali ke ā
'A'ole kūpono no ka 'i'o uaua;
Eia lā na'e, ua pau ka nēnē iā 'oe me nā iwi a me ka
nuku pū
Pehea 'oe i hana ai pēlā?"

"I ko'u wā u'i," wahi a kona makua kāne, "nānā wau i
ke kānāwai,"
A ho'opa'apa'a akula wau i kēlā me kēia hihia me
ka'u wahine;
A ua ikaika maila nā oloolonā o kēia ā,
A ua oia mau nō ā hiki i kēia wā."

"Ua ʻelemakule ʻoe," wahi a ka ʻōpio, "ʻaʻohe kuhi ʻana
　　He ikaika kō maka e like me ka wā ʻōpiopio;
Eia lā naʻe, hoʻokaulike maila ʻoe i ka puhi ma ka wēlau o
　　kō ihu—
　　Pehea nō hoʻi ʻoe i akamai ai ma ia hana?"

"Ua pane akula wau i ʻekolu mau nīnau, a ua lawa loa,"
　　Wahi a ka makua kāne; "Mai hoʻākamai mai ʻoe iaʻu!
Manaʻo nō ʻoe he hiki iaʻu ke hoʻolohe iā ʻoe ā mau loa?
　　E hele pēlā ʻoe o peku wau iā ʻoe i lalo o ke alapiʻi!"

"'A'ole pololei kō pela 'ana," wahi a ka 'Enuhe.

"'A'ole nō *pololei* loa," i ho'opuka ai 'o 'Āleka: "ua loli maila kekahi o nā hua'ōlelo."

"Ua hewa pū mai ka mua ā ka hope," wahi a ka 'Enuhe i ho'oholo ai; a laila, ua hāmau wale nō no kekahi minuke.

'O ka 'Enuhe ka mua i 'ōlelo mai.

"He aha kou lō'ihi āu e makemake ai?" i nīnau ai 'o ia.

"'A'ole nō wau nānā nui i ka nui," i pane ai 'o 'Āleka ma ka pupuāhulu; "koe 'a'ole makemake kekahi po'e i ka loli pinepine."

"Pēlā nō *kā*," wahi a ka 'Enuhe.

'A'ohe 'ekemu 'ana o 'Āleka: 'a'ole 'o ia i 'ike i kēia 'ano kū'ē'ē nui 'ana i kona ola 'ana a mana'o ihola 'o ia e pi'i ana kona huhū.

"Hau'oli 'oe i kēia manawa?" wahi a ka 'Enuhe.

"'Ā, makemake wau e nui iki a'e wau, inā he mea hiki," wahi a 'Āleka: "he mea kohu 'ole kēia 'ekolu 'īniha ka lō'ihi."

"He mea maika'i loa nō kā ia!" wahi a ka 'Enuhe me ka huhū, a kū pololei 'o ia i luna, iā ia e wala'au ana (he 'ekolu nō ona 'īniha ka lō'ihi).

"Akā, 'a'ole au ma'a!" i pane aku ai 'o 'Āleka ma ke 'ano ha'aha'a. A no'ono'o ihola 'o ia, "Inā ho'i 'a'ole palupalu loa ka na'au o kēia mau holoholona!"

"He ma'a mai nō koe," wahi a ka 'Enuhe; a ho'okomo hou akula 'o ia i ka 'ili o ka ipu paka i loko o kona waha a ho'o-maka hou e puhi.

I kēia manawa, ua kali mālie 'o 'Āleka ā ho'opuka maila 'o ia i kekahi 'ōlelo hou. I loko o ho'okahi a 'elua paha minuke, wehe hou maila ka 'Enuhe i ka ipu paka mai loko mai o kona waha a pūhā maila 'o ia ho'okahi a 'elua paha manawa, a laila, ho'oluli akula i kona kino. A laila, lele 'o ia mai luna mai o ke kūkaelio a kolo akula ma kahi 'ē ma ka mau'u me ka ho'opuka pū mai, "Na kekahi 'ao'ao e ho'olō'ihi iā 'oe a na kekahi 'ao'ao e ho'opōkole iā 'oe."

"Hoʻokahi ʻaoʻao o ke *aha*? Kekahi ʻaoʻao o ke *aha*?" wahi a ʻAleka i loko iho ona.

"O ke kūkaelio," wahi a ka ʻEnuhe me he mea lā ua ʻōlelo leo nui mai ʻo ʻAleka; a ʻemo ʻole nō a ua nalowale ʻo ia.

Noho ʻo ʻAleka no kekahi minuke me ka haʻohaʻo pū i ke kūkaelio, e hoʻāʻo ana ʻo ia e hoʻomaopopo i nā ʻaoʻao ʻelua o ia mea; a ʻoiai he poepoe pono ia mea, ua manaʻo aku ʻo ia he paʻakikī kēia nīnau. Akā naʻe, ʻo ka hoʻomālō akula nō ia ona i kona mau lima ā lōʻihi e like me ka mea i hiki a uhaki ʻo ia i kahi ʻāpana o kaʻe me kēlā a me kēia lima.

"ʻĀnō, ʻo ka mea hea ka mea hea?" wahi āna iā ia iho, a naunau iki akula i ka ʻāpana o ka lima ʻākau e ʻike ai i ka hopena. ʻEmo ʻole nō ua pā ikaika ma lalo o kona ʻauae: ua pā i kona wāwae!

Ua makaʻu loa nō ʻo ia i kēia loli hikiwawe, akā, ua manaʻo maila ʻo ia ʻaʻole i hiki ke hoʻopau manawa, no ka mea, e emi wikiwiki ana ʻo ia: no laila, hoʻomaka koke akula ʻo ia e ʻai i kekahi o kekahi ʻāpana. Ua pili ā paʻa kona ʻauae ma luna o kona wāwae a ʻaʻohe lumi e wehe ai i kona waha; akā, ʻakahi nō a ʻoaka aʻela kona waha a ale akula i kekahi o ka ʻāpana o kona lima hema.

* * * * *

* * * *

* * * * *

"ʻOia, ua kaʻawale kā kuʻu poʻo!" wahi a ʻAleka me ka leo hauʻoli, eia naʻe, ʻemo ʻole nō a ua pūʻiwa ʻokoʻa ʻo ia i kona ʻike ʻana ʻaʻohe kona mau poʻohiwi: ʻo kāna wale nō i ʻike ai i kona nānā ʻana i lalo, he ʻāʻī lōʻihi launa ʻole e piʻi ana me he kumulāʻau lā ma waena o ke kai ʻōmaʻomaʻo laulā he lau wale nō ma lalo loa ona.

"He *aha* nō hoʻi kēlā mau mea ʻōmaʻomaʻo?" wahi a ʻAleka.

"A i hea akula koʻu mau poʻohiwi? Auē nō hoʻi kuʻu mau

lima, pehea e hiki ai ʻaʻohe oʻu ʻike iā lāua?" Hoʻoluli ʻo ia i ia mau mea, iā ia e ʻōlelo ana, akā, ʻaʻohe hopena i ʻike ʻia, koe no ka luli ʻana o nā lau ma lalo loa ona.

Me he mea lā, ʻaʻole loa e hiki aku kona mau lima i kona poʻo, a no laila, hoʻāʻo akula ʻo ia e kūlou i kona poʻo i lalo ā hiki i kona mau lima, a ua hauʻoli ʻo ia i ka ʻike aku he maʻalahi ka pelu ʻana o kona ʻāʻī e like me ka nahesa.

ʻAkahi nō hoʻi a kūlou kona poʻo ā lāpuʻu, a manaʻo akula ʻo ia e hōʻō i kona poʻo ma waena o nā lau, a i kona ʻike ʻana, ʻo ia ke ēulu o nā kumulāʻau a ma lalo o ia mea i ʻauana hele ai ʻo ia, a i ia wā koke nō, lohe aʻela ʻo ia i kekahi hū ʻana a huki hou kona poʻo i hope: ua lele mai kekahi manukū a pā kona maka a e ʻūpoʻipoʻi ʻinoʻino ana i kona mau ʻēheu e hilihili ana i kona maka.

"Nahesa!" wahi a ka Manukū.

"ʻAʻole au he nahesa!" wahi a ʻĀleka ma ke ʻano nāukiuki. "E waiho mai ʻoe iaʻu!"

"He nahesa nō kā!" i ʻuā hou ai ka Manukū, akā, ma ke ʻano mālie, a laila, hoʻomau akula ʻo ia me ka haʻu pū, "Ua hoʻāʻo nō wau ma nā ʻano like ʻole, akā, me he mea lā ʻaʻohe o lākou hauʻoli!"

"ʻAʻole loa maopopo iaʻu kāu mea e ʻōlelo nei," wahi a ʻĀleka.

"Ua hoʻāʻo wau i nā aʻa kumulāʻau a hoʻāʻo akula wau i nā kapa kahawai a me nā ʻōpū nāhelehele pū nō," i hoʻomau ai ka Manukū me ka nānā ʻole iā ia; "Akā, ʻo kēlā poʻe nahesa! ʻAʻohe o lākou hauʻoli!"

Ua piʻi hou aʻe ka huikau o ʻĀleka, akā, manaʻo akula ʻo ia ʻaʻohe waiwai o ka ʻōlelo ʻana i kekahi mea ā pau ka ʻōlelo a ka Manukū.

"Me he mea lā, ʻaʻole lawa ka luhi o ka noho hua ʻana," wahi a ka Manukū; "akā, he pono nō wau e makaʻala i ka nahesa i ka pō a me ke ao! ʻAʻohe loa oʻu hiamoe i kēia mau pule ʻekolu i hala hope aʻela!"

"Auē, aloha wale nō kāu mau mea e luhi nei," wahi a 'Āleka ma ka ho'omaopopo 'ana i kāna mea e 'ōlelo ana.

"A ia'u i koho ai i ke kumulā'au lō'ihi loa o ka ulu lā'au," wahi a ka Manukū i ka ho'omau 'ana me ka pi'i pū o kona leo ā 'alalā, "a ia'u e no'ono'o ana 'akahi nō a palekana wau, e iho mai ana kā lākou mai luna mai o ka lani! Kā, e ka Nahesa!"

"Akā, *a'ole* loa wau he nahesa!" wahi a 'Āleka. "He mea wau—he—"

"No laila, He *aha* lā 'oe?" wahi a ka Manukū. "Ke 'ike nei nō wau ke ho'ā'o maila 'oe i ka haku mana'o!"

"He—he kaikamahine 'ōpiopio wau," wahi a 'Āleka me ke ku'ihē pū, iā ia e ho'omaopopo nei ua nui kona loli 'ana i ia lā.

"Ho'opunipuni kā!" wahi a ka Manukū ma ke 'ano 'a'ahuā 'ino. "Ua 'ike aku wau i nā kaikamāhine he nui i ko'u ola 'ana, akā, 'a'ohe *ho'okahi* me kēnā 'ano 'ā'ī! 'A'ole loa! He nahesa 'oe; a he makehewa ka hō'ole 'ana. Pehea, e 'ōlelo mai 'oe 'a'ole 'oe i 'ai i ka hua manu ma mua!"

"Ua *'ai nō* wau i ka hua manu," wahi a 'Āleka, a he keiki ha'i 'oia'i'o 'o ia; "akā, he 'ai nā kaikamāhine 'ōpiopio i ka hua moa e like me nā nahesa."

"'A'ole au hilina'i," wahi a ka Manukū; "akā, inā hana lākou pēlā, inā he 'ano nahesa pū nō lākou kekahi: 'o ia wale nō."

He mana'o hou kēia iā 'Āleka a he hāmau wale nō 'o ia no kekahi minuke, a no laila, ho'omau akula ka Manukū ma ka 'ōlelo 'ana, "Ke huli aku nei 'oe i nā hua, 'o ia ka'u mea maopopo; a he aha ka mea nui inā he kaikamahine 'oe a i 'ole he nahesa?"

"He mea nui nō ia'u," i ho'opuka koke ai 'o 'Āleka; "akā, 'a'ole au e huli nei i ka hua; inā pēlā, 'a'ole wau hoihoi i kāu: 'a'ole au 'ono i ka hua maka."

"Inā pēlā, e hele pēlā nō 'oe!" wahi a ka Manukū ma ke 'ano nuha, a iā ia ho'i e ho'opūnana hou ana ma luna o kona pūnana. 'Ōku'u akula 'o 'Āleka ma waena o nā kumulā'au e like me ka mea i hiki, no ka mea, e hihia mau ana kona 'ā'ī ma waena o nā lālā a i kekahi manawa, ua pono 'o ia e kū a ho'okala i ia mea. Aia ā hala kekahi wā, ho'omaopopo a'ela 'o ia e pa'a mau ana 'o ia i nā 'āpana kūkaelio i loko o kona mau lima a ho'omaka hou maila 'o ia e 'aki li'ili'i i ka 'āpana mua, a laila, kekahi 'āpana, a i kekahi manawa, e ulu ana 'o ia a i kekahi manawa, emi 'o ia ā hiki i ka hana pono 'ana ā ho'i hou 'o ia i kona lō'ihi ma'amau.

Ua lō'ihi loa ka manawa i hala mai ka wā mai i pololei ai kona lō'ihi, a no laila, ua 'ano 'ē iki nō 'o ia; akā, ua hele 'o ia ā ma'a i ka hala 'ana o kekahi wā pōkole, a ho'omaka akula 'o ia e wala'au iā ia iho e like me kona 'ano ma'amau. "'Ā 'oia, ua kō kekahi hapalua o ko'u mana'o! Kupanaha maoli nō kēia mau loli! 'A'ole maopopo ko'u 'ano mai kekahi minuke aku ā kekahi minuke aku! Akā na'e, ua ho'i wau i ko'u lō'ihi pololei: 'o kekahi hana a'e, 'o ia ke komo 'ana i loko o kēlā kīhāpai nani—pehea e hana ai *pēlā*, pehea lā ho'i?" Iā ia e 'ōlelo ana penei, ua hiki aku 'o ia i kekahi pā ākea me kekahi hale li'ili'i he 'ehā paha kapua'i ka lō'ihi. "'O nā po'e a pau e noho ana i ne'i," i mana'o ai 'o 'Āleka, "'a'ole kūpono ke launa wau me lākou inā penei ko'u lō'ihi: e kau loa ko lākou weli ke 'ike mai!" No laila, ho'omaka 'o ia e 'aki i ka 'āpana o kona lima 'ākau, a 'a'ole 'o ia i ho'okokoke aku i ka hale ā emi maila kona kino he 'eiwa 'īniha kona lō'ihi.

Ka Pua'a a me ka Pepa

No kekahi minuke, kū akula 'o ia a nānā i ka hale me ka ha'oha'o pū i kāna mea e hana ai, a i ia manawa nō, 'ō'ili mai nei kekahi koa me kona 'a'ahu kaua mai loko mai o ka ulu lā'au—(mana'o akula 'o ia he koa 'o ia, no ka mea, e komo ana 'o ia i ka 'a'ahu kaua: inā 'a'ole, ma ka nānā wale 'ana nō i kona maka, mana'o 'o ia he i'a 'o ia)—a kīkēkē ikaika 'o ia ma ka puka me kona pu'upu'u lima. Ua wehe 'ia ka puka e kekahi koa e komo ana i ka 'a'ahu kaua me ka maka poepoe a me nā maka nunui e like me ka poloka; a ua 'ike aku 'o 'Āleka ua hāwena 'ia ko lāua lauoho a 'ōmilomilo pū 'ia. Ua pi'i kona nīele a ne'e iki akula 'o ia i waho o ka ulu lā'au e ho'olohe ai.

Ua ho'omaka ke Koa I'a ma ka unuhi 'ana i kekahi leka nunui, ua hapalua i kona lō'ihi, a hā'awi akula 'o ia i kekahi me ka 'ōlelo pū ma ke 'ano kūo'o, "Na ke Kuke Wahine. He kono na ka Mō'ī Wahine e pā'ani i ke kolokē." Ua ho'opili mai ke Koa Poloka i ia 'ōlelo ma ke 'ano kūo'o ho'okahi nō, koe ua kuapo 'o ia i ke ka'ina o nā hua'ōlelo, "Na ka Mō'ī

Wahine mai. He kono na ke Kuke Wahine e pāʻani i ke kolokē.ʼʼ

A laila, kūlou haʻahaʻa akula lāua, a hihia pū akula nā ʻōmilomilo o ko lāua lauoho.

Ua nui ka ʻakaʻaka o ʻĀleka i kēia, a no laila, kuemi akula ʻo ia i loko o ka ulu lāʻau o lohe ʻia mai ʻo ia; a i kona kiʻei hou ʻana, ua nalowale ke Koa Iʻa, a e noho ana kekahi ma ka honua ma kahi kokoke i ka puka e nānā pū ana ma ke ʻano ʻīhepa i luna o ka lani.

Ua hele aku ʻo ʻĀleka i ka puka ma ke ʻano ʻāhē a kīkēkē akula.

"He makehewa wale nō ke kīkēkē ʻana," wahi a ke Koa, "no ʻelua kumu. ʻO ka mua, ei wau ma kēia ʻaoʻao o ka puka e like me ʻoe: ʻo ka mea ʻelua, ua nui loa ka hana kuli i loko, a ʻaʻohe poʻe e lohe nei iā ʻoe." A pololei nō hoʻi, ua nui nō ka hana kuli i loko—nui ka ʻuā ʻana a me ke kihe ʻana, a i kekahi manawa, lohe ʻia ke kohā, me he mea lā ua nāhāhā pau loa kekahi pā a ipu hao kī paha.

"E ʻoluʻolu," wahi a ʻĀleka, "pehea wau e komo ai?"

"Malia paha he kūpono kou kīkēkē ʻana," i hoʻomau ai ke Koa me ka nānā ʻole iā ia, "inā ai ka puka ma waena o kāua, ʻaʻole pilikia inā ai ʻoe i loko, kīkēkē ʻoe, a hiki iaʻu ke hoʻokuʻu iā ʻoe i waho." E nānā ana ʻo ia i luna i ka lani, iā ia e walaʻau ana, a manaʻo aʻela ʻo ʻĀleka he kīkoʻolā kēia hana. "Akā, malia paha ʻaʻole hiki iā ia ke ʻalo aʻe," wahi āna iā ia iho; "Ai kona mau maka i luna loa kokoke i ka piko o kona poʻo. Akā, iā ia nō paha nā haʻina o nā nīnau.—Pehea wau e komo ai?" wahi āna i nīnau leo nui ai.

"E noho wau ma neʻi nei," I pane ai ke Koa, "ā hiki i ka lā ʻapōpō—"

I ia wā, ua hemo maila ka puka o ka hale, a lele maila kekahi pā ā hala ke poʻo o ke Koa: kūlihi kona ihu, a pā akula kekahi kumulāʻau ma hope ona a nāhāhā pau loa ke pā.

"—a i ʻole i kekahi lā aʻe, malia paha," i hoʻomau ai ke Koa ma ia ʻano leo hoʻokahi nō, me he mea lā, ʻaʻohe mea i hana ʻia.

"Pehea wau e komo ai?" i nīnau hou ai ʻo ʻĀleka ma ka leo nui aʻe.

"*Kūpono* nō kou komo ʻana i loko?" wahi a ke Koa. "ʻO ia ka nīnau mua ē?"

Pololei nō: akā, ʻaʻole i mahalo ʻo ʻĀleka i ka haʻi ʻia mai. "He ʻano ʻē maoli nō," kāna i namunamu ai iā ia iho, "ka hoʻopaʻapaʻa ʻana o kēia mau ʻeʻepa. He mea ia e ʻōpulepule ai!"

Me he mea lā, i ka manaʻo o ke Koa, he manawa kūpono kēia e ʻōlelo hou ai i kāna mea i ʻōlelo ai ma mua me kekahi loli. "E noho wau ma neʻi nei," kāna i ʻī ai, "i kekahi manawa no kekahi mau lā."

"Akā, he aha *kaʻu* hana?" wahi a ʻĀleka.

"E like me kou makemake," wahi a ke Koa a hoʻomaka akula ʻo ia e hōkiokio.

"Auē, hoʻopau manawa ka walaʻau ʻana me kēia ʻeʻepa," wahi a ʻĀleka ma ke ʻano koikoi: "he ʻīhepa ʻokoʻa ʻoi nei!" A wehe akula ʻo ia i ka puka a komo akula i loko.

Mai ka puka aku, ua hele pololei ke ala ā kekahi lumi kuke nui i piha i ka uahi mai kekahi ʻaoʻao ā kekahi ʻaoʻao: e noho ana ke Kuke Wahine ma luna o kekahi paepae ma waenakonu e hānai ana i kekahi pēpē: e kūlou ana ka mea kuke ma luna o ke kapuahi e kāwili ana i kekahi ipu hao i piha i ke kupa.

"Nui loa ka pepa i loko o kēnā kupa!" wahi a ʻĀleka iā ia iho, e like me ka mea i hiki me ke kihe pū.

Ua piha ke ea i ka pepa. Eia aku a eia mai, ʻo ke Kuke Wahine kekahi i kihe; a no ka pēpē, e kuapo ana ʻo ia ma ke kihe me ka ʻuā ʻana me ka pau ʻole. ʻO nā mea ola ʻelua wale nō i kihe ʻole, ʻo ia ka mea kuke a me kekahi pōpoki nui e moe ana ma ka haka ma luna o ke kapuahi e minoʻaka ana mai kekahi pepeiao ā kekahi pepeiao.

"E ʻoluʻolu, e haʻi mai," wahi a ʻĀleka ma ke ʻano ʻāhē, no ka mea, ʻaʻole i maopopo loa iā ia inā he hana kūpono kona hoʻopuka mua ʻana i ka ʻōlelo, "no ke aha e minoʻaka ai kāu pōpoki me kēlā?"

"He Pōpoki Kesia ia," wahi a ke Kuke Wahine, "a ʻo ia ke kumu. E kēnā puaʻa!"

He mea pūʻiwa ka ikaika o kona hoʻopuka ʻana i kēlā ʻōlelo hope, a hikilele aʻela ʻo ʻĀleka; akā, ua ʻike ʻo ia ma hope mai ua ʻōlelo ʻia kēia i ka pēpē, a ʻaʻole iā ia, no laila, ua koa hou ʻo ia a hoʻomau akula:—

"ʻAʻole i maopopo iaʻu he minoʻaka mau ka Pōpoki Kesia; he ʻoiaʻiʻo, ʻaʻole i maopopo iaʻu he hiki i nā pōpoki ke minoʻaka."

"Hiki nō iā lākou a pau," wahi a ke Kuke Wahine; "a pēlā ka hana a ka hapa nui o lākou."

"ʻAʻole au kamaʻāina i kekahi i hiki ke hana pēlā," wahi a ʻĀleka ma ke ʻano ʻoluʻolu me ka hauʻoli i ke komo i ke kamaʻilio ʻana.

"ʻAʻole nui kou ʻike," wahi a ke Kuke Wahine; "a he ʻoiaʻiʻo nō kēlā."

ʻAʻole i mahalo ʻo ʻĀleka i ke ʻano o ka hoʻopuka ʻia ʻana mai o kēia ʻōlelo, a manaʻo akula ʻo ia he kūpono ke hāpai i kekahi kumuhana ʻokoʻa e kamaʻilio ai. Iā ia e hoʻoholo ana i kekahi, ua wehe ka mea kuke i ka ipu hao kupa mai luna mai o ke kapuahi, a i ia manawa, hoʻomaka ʻo ia e kiola i nā mea a pau i kokoke iā ia i ke Kuke Wahine a me ka pēpē— ʻo nā ʻaiana ka mua; a laila, kiola liʻiliʻi ʻia akula nā pā kai, a me nā pā. ʻAʻole i nānā ke Kuke Wahine me kona pā nō hoʻi i kekahi; a ua nui loa ka ʻuā ʻana o ka pēpē a he hiki ʻole ke hoʻomaopopo inā ua ʻeha kēia pā ʻana a ʻaʻole paha.

"Auē, e ʻoluʻolu, e nānā pono ʻoe i kāu hana!" i ʻuā ai ʻo ʻĀleka me ka lelele pū i luna a i lalo i ka weliweli ʻino.

"Auē, ai lā kona *wahi ihu!*", i ka lele ʻana o kekahi pā kai nunui ma kahi kokoke iā ia, kokoke nō a hali ʻia ʻo ia ma kahi ʻē.

"Inā ʻaʻole mahaʻoi nā poʻe a pau," wahi a ke Kuke Wahine me ka leo kalakala loa, "e ʻoi loa aku ka ʻāwīwī o ka niniu ʻana o ka honua nei."

"*Aʻole* kēlā he pōmaikaʻi," wahi a ʻĀleka, a he hauʻoli ʻo ia i ka hōʻoio ʻana i kona ʻike. "Pehea ke ʻano o ka pō a me ke ao! No ka mea hoʻi, he iwakālua kumamāhā hola ka niniu ʻana o ka honua nei ā puni ma kona ʻīkoi—"

"ʻOia, i koʻi naʻu," wahi a ke Kuke Wahine, "ʻoʻoki ʻia kona poʻo!"

Nānā aʻela ʻo ʻĀleka me ka haʻalulu i ka mea kuke e ʻike ai inā ua ʻapo ʻo ia i ka manaʻo o ke Kuke Wahine; akā, ua lilo loa ka mea kuke i ke kāwili i ke kupa, a me he mea lā, ʻaʻole ʻo ia e hoʻolohe ana, no laila, hoʻomau ʻo ia: "Iwakālua kumamāhā hola i kuʻu manaʻo; a i ʻole ʻumi kumamālua paha? Manaʻo—"

"Ō, kulikuli ka waha!" wahi a ke Kuke Wahine; "ʻAʻohe oʻu hoʻomanawanui i ka hōʻuluʻulu ʻana!" A i ia manawa, hoʻomau akula ʻo ia i ka hānai i kāna pēpē me ka hīmeni pū i kekahi ʻano mele hoʻohiamoe iā ia a me ka hoʻoluli ikaika ʻino iā ia ma ka pau ʻana o kēlā me kēia lālani:—

> *"ʻŌlelo kalakala i kāu keiki liʻiliʻi,*
> *A hili iā ia ke kihe ʻo ia:*
> *Hana ʻo ia pēlā e hoʻonauki mai ai,*
> *No ka mea, ʻike ʻo ia he mea hoʻokūʻaki ia."*

HUI

(hui pū mai ka leo o ka mea kuke a me ka pēpē):—
"ʻUā! ʻuā! ʻuā!"

I ke Kuke Wahine e hīmeni ana i ka paukū ʻelua, e hoʻo-
leilei ana ʻo ia i ka pēpē me ka ikaika ʻino i luna a i lalo, a ʻuā
ʻino maila kēia wahi pēpē, a ʻaʻole i hiki iā ʻĀleka ke lohe
pono i nā huaʻōlelo:—

> *"Ikaika kaʻu ʻōlelo i kaʻu keiki,*
> *Hili wau iā ia ke kihe ʻo ia:*
> *No ka mea, ʻoluʻolu ʻo ia*
> *I ka pepa e like me kona makemake!"*

HUI

"ʻUā! ʻuā! ʻuā!"

"Eiʻa! Nāu hānai iā ia no kahi manawa liʻiliʻi, inā make-
make ʻoe!" wahi a ke Kuke Wahine iā ʻĀleka, iā ia e kiola ana
i ka pēpē iā ia. "Pono wau e hele e hoʻomākaukau no ka
pāʻani kolokē me ka Mōʻī Wahine," a auau akula ʻo ia i waho
o ka lumi. Nou ka mea kuke i kekahi pā palai iā ia, iā ia hoʻi
e puka ana, akā, ua hala iā ia.

Me ka hana nui i hopu ai ʻo ʻĀleka i ka pēpē, no ka mea, he
ʻano ʻē loa ke kiʻi o kēia wahi mea ola, a e kukū ana kona mau
lima a me nā wāwae ma ʻō a ma ʻaneʻi, "e like me ka iʻa
hōkū," i manaʻo ai ʻo ʻĀleka. E pī ana ka ihu o kēia wahi mea
e like me kekahi kaʻaahi, iā ia i hopu ai iā ia nei, a e pupuʻu
ana kona kino me ka manana hou o nā lālā, a no laila, ma ka
hoʻomaka ʻana, hana nui loa ka hiʻi ʻana i kēia pēpē.

Aia ā hoʻomaopopo akula ʻo ia i ka hana pono e hānai ai i
kēia pēpē (ʻo ia hoʻi, he ʻopiʻopi iā ia ā pupuʻu, a laila,
hoʻopaʻa pono i kona pepeiao ʻākau a me kona wāwae hema,
i ʻole ʻo ia e mohala hou), hiʻi akula ʻo ia iā ia i waho. "Inā

'a'ole au e lawe i kēia pēpē me a'u," i mana'o ai 'o 'Āleka, "e make nō paha 'oi nei iā lākou i loko o ho'okahi a 'elua paha lā: he pepehi kanaka nō paha ia ke waiho wau iā ia nei." Ho'opuka akula 'o ia i kēia mau 'ōlelo hope me ka leo nui a pī maila ka pēpē ma ka pane 'ana (ua pau kona kihe 'ana i ia manawa). "Mai pī," wahi a 'Āleka; "'a'ole pēlā ka hana kūpono e hō'ike ai i kou mana'o."

Pī hou maila ka pēpē, a nānā ihola 'o 'Āleka i kona maka me ke ku'ihē e ho'omaopopo ai i kona pilikia. He 'oia'i'o, ua huli kona ihu i luna, 'ano like nō me ka nuku pua'a, 'a'ole ho'i me kekahi ihu maoli: e emi ana kona mau maka, 'a'ole kūpono i kekahi pēpē: 'a'ole loa i makemake 'o 'Āleka i ka nānaina o ua pēpē nei. "Akā, malia paha e uē wale ana nō 'o ia," pēlā kāna i no'ono'o ai, a nānā hou akula 'o ia i kona mau maka e 'ike ai inā e kahe ana ka waimaka.

ʻAʻohe wahi waimaka. "Ei nei, inā e lilo ana ʻoe he puaʻa," wahi a ʻĀleka ma ke ʻano kūoʻo, "ʻAʻohe oʻu hoihoi hou iā ʻoe. E hoʻolohe mai!" Uē hou maila ua wahi mea nei (a i ʻole ua pī, hana nui ka hoʻomaopopo aʻe he aha lā ia), a hoʻomau akula lāua me ka hāmau pū.

Hoʻomaka akula ʻo ʻĀleka e noʻonoʻo i loko ona, "He aha kaʻu hana i kēia manawa i kēia mea nei ke kū aku au i ka home?" a laila, pī hou maila me ka ikaika loa a nānā akula ʻo ia i kona maka me ka kānalua nui. I kēia manawa, ʻaʻohe wahi mea huikau: he puaʻa ʻiʻo nō ia, a manaʻo akula ʻo ia he lapuwale ka hoʻomau ʻana i ka hiʻi ʻana i ua mea nei.

No laila, hoʻokuʻu akula ʻo ia i ua mea nei, a ua maha maila kona naʻau i ka ʻike aku iā ia e holo mālie ana i loko o ka ulu lāʻau. "Inā ulu mai ʻo ia," kāna i manaʻo ai, "he keiki pupuka ʻiʻo nō ia: akā, he puaʻa uʻi nō, i kuʻu manaʻo." A hoʻomaka akula ʻo ia e noʻonoʻo i nā keiki ʻē aʻe āna i kamaʻāina ai he kūpono inā he puaʻa lākou, a e ʻōlelo ana ʻo ia iā ia iho, "inā hoʻi i ʻike kekahi i ka hana e hoʻololi ai iā lākou—" a hoʻopūʻiwa ʻia ʻo ia i ka ʻike aku i ka Pōpoki Kesia e kau ana ma luna o kekahi lālā o kekahi kumulāʻau he mau ʻiā ma kahi mamao.

Minoʻaka wale nō ka Pōpoki i kona ʻike ʻana iā ʻĀleka. He ʻoluʻolu kona nānā ʻana, i kona manaʻo: akā, ua loloa kona mau maiʻao a nui ʻino kona mau niho, no laila, manaʻo maila ʻo ia he pono ʻo ia e mālama pono.

"E ka ʻOau Kesia," wahi āna ma ke ʻano ʻāhē, no ka mea, ʻaʻole ʻo ia i ʻike inā e makemake ʻo ia i kēia inoa: akā naʻe, ua hele ā nui hou aʻe kona minoʻaka. "ʻOia, ua ʻoluʻolu nō ʻo ia ā hiki i kēia," i manaʻo ai ʻo ʻĀleka, a hoʻomau akula ʻo ia. "E ʻoluʻolu, e haʻi mai ʻoe, i hea wau e hele ai mai neʻi aku?"

"Ai i kou wahi e makemake ai e hele," wahi a ka Pōpoki.

"ʻAʻole nō wau nānā i hea lā—" wahi a ʻĀleka.

"No laila, ʻaʻole pilikia kou wahi e hele ai," wahi a ka Pōpoki.

"—ʻo ka mea nui, e hōʻea aku au i kekahi wahi," i hoʻomau ai ʻo ʻĀleka ma ka hoʻākāka ʻana.

"'ʻAe, ʻoia ana nō," wahi a ka Pōpoki, "ai i ka lōʻihi o kou hele wāwae ʻana."

Ua manaʻo ihola ʻo ʻĀleka ʻaʻole e hōʻole ʻia kēia nīnau, no laila, hoʻāʻo akula ʻo ia i kekahi nīnau hou aku. "He aha ke ʻano o ka poʻe e noho ana ma kēia wahi?"

"Ma *kēlā* ʻaoʻao," wahi a ka Pōpoki me ka hoʻāni pū ʻana i kona kapuaʻi ʻākau ma ka poepoe, "e noho ana kekahi Mea Pāpale: a ma *kēlā* ʻaoʻao," e hoʻāni ana ʻo ia i kekahi kapuaʻi, "e noho ana kekahi Lāpaki ʻEuʻeu. E hele ʻoe e kipa e like me kou makemake. He ʻōpulepule lāua ʻelua."

"Akā, ʻaʻole au makemake e hui me ka poʻe ʻōpulepule," i pane mai ai ʻo ʻĀleka.

"'Ō, 'a'ole hiki ke 'alo a'e," wahi a ka Pōpoki: "he 'ōpule-pule kākou a pau i ne'i. He 'ōpulepule wau. He 'ōpulepule 'oe."

"Pehea 'oe i 'ike ai he 'ōpulepule wau?" wahi a 'Āleka.

"Pēlā nō e pono ai," wahi a ka Pōpoki, "inā 'a'ole, 'a'ole 'oe i ne'i."

Mana'o ihola 'o 'Āleka 'a'ole kēlā he hō'oia'i'o 'ana: akā, ho'omau akula 'o ia "A pehea 'oe i 'ike ai he 'ōpulepule 'oe?"

"'O ka mea mua," wahi a ka Pōpoki, "'a'ole 'ōpulepule ka 'īlio. 'Aelike 'oe?"

"Pēlā nō paha," wahi a 'Āleka.

"No laila," i ho'omau ai ka Pōpoki, "nunulu ka 'īlio ke pi'i kona huhū, a konini kona huelo ke hau'oli 'o ia. A 'o wau nei, he nunulu wau ke hau'oli wau a konini ko'u huelo ke pi'i ko'u huhū. No laila, 'ōpulepule wau."

"'Ōlelo wau 'nonolo', 'a'ole 'nunulu'," wahi a 'Āleka.

"Ai iā 'oe kāu hua'ōlelo," wahi a ka Pōpoki. "E pā'ani 'oe i ke kolokē me ka Mō'ī Wahine i kēia lā?"

"Hoihoi nō wau," wahi a 'Āleka, "akā, 'a'ole na'e au i kono 'ia."

"E 'ike 'oe ia'u ma laila," wahi a ka Pōpoki, a nalowale honua a'ela 'o ia.

'A'ole i pū'iwa 'o 'Āleka i kēia, ua hele ā ma'a 'o ia i nā mea 'ano 'ē. Iā ia e nānā ana i kahi o ka Pōpoki ma mua nei, ua 'ō'ili honua hou mai 'o ia.

"'Ō, ua aha 'ia mai nei ka pēpē?" wahi a ka Pōpoki. "Mai poina wau i ka nīele aku."

"Ua lilo he pua'a," i pane ai 'o 'Āleka me ka leo li'ili'i, me he mea lā ua ho'i mai ka Pōpoki ma ke 'ano ma'amau.

"Pēlā ko'u mana'o," wahi a ka Pōpoki, a nalowale honua hou 'o ia.

Ua kali iki 'o 'Āleka me ka 'upu iki e 'ike hou 'o ia i ia mea, akā, 'a'ole 'o ia i ho'i mai, a ma hope o ho'okahi a 'elua paha minuke, ua hele wāwae aku 'o ia i kahi i 'ōlelo 'ia ai e noho

ana ka Lāpaki ʻEuʻeu. "Ua ʻike nō wau i kekahi kanaka pāpale ma mua," wahi āna iā ia iho; "ʻOi aku ka hoihoi o ka Lāpaki ʻEuʻeu, a ʻoiai ʻo Mei kēia, ʻaʻole ʻo ia e pupule ʻino—ʻaʻole nō paha e like me ia ma Malaki." Iā ia e hoʻopuka nei i kēia ʻōlelo, nānā aʻela ʻo ia i luna, a aia lā ka Pōpoki e kau ana ma luna o kekahi lālā o kekahi kumulāʻau.

"Ua ʻōlelo mai ʻoe ʻpuaʻa', a i ʻole ʻpua ʻala'?" wahi a ka Pōpoki.

"Ua ʻōlelo au ʻpuaʻa'," i pane ai ʻo ʻĀleka; "a makemake au ʻaʻole ʻoe e nalowale a ʻōʻili honua hou mai me kēlā: hoʻopūʻiwa mai ʻoe iaʻu!"

"ʻOia," wahi a ka Pōpoki; a i kēia manawa, ua nalowale mālie ʻo ia, e hoʻomaka ana me ke poʻo o kona huelo, a e pau ana me kona minoʻaka, e mau ana no kekahi manawa pōkole ma hope o ka pau ʻana o ke koena o kona kino.

"Kā! ʻO ka mea maʻamau i koʻu ʻike aku, ʻo ia ka pōpoki ʻaʻohe ona minoʻaka," i manaʻo ai ʻo ʻĀleka: "akā, he minoʻaka ʻaʻohe ona pōpoki! ʻO ia ka mea ʻano ʻē loa aʻu i ʻike ai i koʻu ola ʻana!"

ʻAʻole i lōʻihi loa aku kona hele ʻana a ʻike akula ʻo ia i ka hale o ka Lāpaki ʻEuʻeu: Manaʻo ihola ʻo ia ʻo ia nō ka hale pololei, no ka mea, ua like ke kiʻi o nā puka uahi me nā pepeiao a ʻo ke ako o ka hale, he huluhulu. Ua nui loa ka hale, a ʻaʻole ʻo ia i makemake e hoʻokokoke hou aku ma mua o ka ʻai ʻana i wahi ʻāpana hou o ke kūkaelio o kona lima hema, a ua hoʻonui ʻo ia iā ia iho ā ʻelua paha kapuaʻi: me ia nui nō, oia mau nō ua hele mālie aku ʻo ia me ka ʻōlelo iā ia iho "He pupule ʻiʻo nō paha ʻo ia! ʻAneʻane nō a makemake wau e hele e kipa i ka Mea Pāpale!"

He ʻAha Inu Kī Pupule

Aia kekahi papa ʻaina ma lalo o kekahi kumulāʻau ma mua o ka hale, aia ka Lāpaki ʻEuʻeu a me ka Mea Pāpale e inu ana i ke kī ma laila: e noho ana kekahi ʻIole Maka Mania ma waena o lāua, ua pau i ka hiamoe, a e hoʻohana ana nā mea ʻelua i koe i ia mea i uluna, e kau ana ko lāua mau kuʻekuʻe lima ma luna ona, a e walaʻau ana ma luna o kona poʻo. "ʻAʻole ʻoluʻolu ka ʻIole Maka Mania," i manaʻo ai ʻo ʻĀleka; "ei kā, ke hiamoe maila ʻo ia, no laila, ʻaʻole paha ʻo ia nānā."

Ua nui ka pākaukau, akā, e hui pū ana lākou ma hoʻokahi kihi wale nō. "ʻAʻohe lumi! ʻAʻohe lumi!" i ʻuā mai ai lākou i ko lākou ʻike ʻana iā ʻĀleka e hele mai ana. "Nui nō ka lumi!" wahi a ʻĀleka me ka nuha pū, a noho aʻela ʻo ia ma kekahi noho lima nui ma hoʻokahi poʻo o ka pākaukau.

"E inu i ka waina," wahi a ka Lāpaki ʻEuʻeu ma ke ʻano koikoi.

Nānā akula ʻo ʻĀleka ma ʻō a ma ʻaneʻi o ka pākaukau, akā, ʻaʻohe mea, koe ke kī. "ʻAʻole au ʻike i ka waina," wahi āna i hoʻopuka ai.

"ʻAʻole loaʻa," wahi a ka Lāpaki ʻEuʻeu.

"ʻEā, ʻaʻole nō ʻoluʻolu loa ke koikoi ʻana mai," wahi a ʻĀleka ma ke ʻano huhū.

"ʻAʻole nō ʻoluʻolu kou noho ʻana me ke kono ʻole ʻia," wahi a ka Lāpaki ʻEuʻeu.

"ʻAʻole au i ʻike *nāu* ka pākaukau," wahi a ʻĀleka; "ua mākaukau no nā poʻe he nui, ʻaʻole ʻekolu wale nō."

"Makemake kou lauoho e ʻako ʻia," wahi a ka Mea Pāpale. E nānā ana ʻo ia iā ʻĀleka no kekahi manawa ma ke ʻano haʻohaʻo loa, a ʻo kēia kāna ʻōlelo mua.

"E aho ʻaʻole ʻoe walaʻau no ka mea pilikino," wahi a ʻĀleka ma ke ʻano nuku: "He kīkoʻolā kēlā ʻano."

ʻAʻā aʻela nā maka o ka Mea Pāpale ā nui loa i kona lohe ʻana i kēia; akā, ʻo kāna wale nō i ʻōlelo ai, ʻo ia hoʻi, "He aha ka mea like o ka manu kolaka me ka pākaukau kākau?"

"ʻOia, e hoʻoleʻaleʻa kākou i kēia manawa!" i manaʻo ai ʻo ʻĀleka. "Hauʻoli wau ua hoʻomaka lākou i ka nane mai—manaʻo wau he hiki iaʻu ke koho i ka haʻina," wahi āna.

"Mana'o 'oe he koho kāu no ka ha'ina?" wahi a ka Lāpaki 'Eu'eu.

"Me ka pololei nō," wahi a 'Āleka.

"No laila, e aho 'oe e ha'i mai i ka 'i'o o kou mana'o," i ho'omau ai ka Lāpaki 'Eu'eu.

"Pēlā nō ka'u." i pane koke ai 'o 'Āleka; "'o ka'u e 'ōlelo nei, 'o ia ho'i—he 'oia'i'o ka'u 'ōlelo—'o ia mea like nō, 'eā."

"'A'ole loa like!" wahi a ka Mea Pāpale. "Ua like kāu me ka 'ōlelo 'ana ua like ka 'ōlelo 'ana 'He 'ike wau i ka'u e 'ai ai' me 'He 'ai wau i ka'u e 'ike ai'!"

"E aho e 'ōlelo," i ho'omau ai ka Lāpaki 'Eu'eu, "ua like ka 'ōlelo 'ana, 'Makemake wau i ka mea i loa'a ia'u' me 'Loa'a ia'u ka mea a'u e makemake ai'!"

"E aho e 'ōlelo," i ho'opuka ai ka 'Iole Maka Mania, me he mea lā e 'ōlelo ana 'o ia, iā ia e hiamoe ana, "ua like ka 'ōlelo 'ana, 'Hanu wau ke wau hiamoe' me 'Hiamoe wau ke wau hanu'!"

"Ua like nō ā like me 'oe," wahi a ka Mea Pāpale, a i ia manawa i pau ai ke kama'ilio 'ana, a ua hāmau ka 'aha no kekahi minuke, iā 'Āleka i no'ono'o ai i nā mea a pau āna i ho'omaopopo ai no ka manu kolaka a me ka pākaukau kākau, a 'a'ole i nui.

'O ka Mea Pāpale ka mea mua i 'ekemu. "'O ka lā 'ehia kēia o ka mahina?" wahi āna, iā ia e huli ana iā 'Āleka: unuhi maila 'o ia i kāna uaki mai loko mai o kona pākeke, a e nānā ana 'o ia me ke kānalua pū, a i kekahi manawa, ho'oluli 'o ia i ia mea a ho'opili aku i ia mea ma kona pepeiao.

No'ono'o ihola 'o 'Āleka no kekahi manawa li'ili'i, a laila, 'ōlelo maila 'o ia "Ka lā 'ehā."

"'Elua lā ka hewa!" i 'uhū ai ka Mea Pāpale. "Ua ha'i aku au iā 'oe 'a'ole kūpono ka waiūpaka no nā mea a pau!" wahi āna me ka nānā pū i ka Lāpaki 'Eu'eu me ka huhū.

"'O ia ka waiūpaka *helu 'ekahi*," wahi a ka Lāpaki 'Eu'eu ma ke 'ano 'āhē.

"ʻAe, akā, ua heleleʻi pū paha kekahi o nā hunahuna ma luna," i namunamu ai ka Mea Pāpale: "ʻaʻole maikaʻi kou kau ʻana i ka pahi palaoa ma luna."

Ua lawe aku ka Lāpaki ʻEuʻeu i ka uaki a nānā akula i ia mea ma ke ʻano kaumaha: a laila, hoʻoluʻu akula i loko o kāna kīʻaha kī, a nānā hou akula ʻo ia i ia mea: akā, ʻaʻohe nō ona manaʻo hou aʻe, ʻo kāna ʻōlelo mua wale nō, "ʻO ia ka waiūpaka *helu ʻekahi*."

E nānā ana ʻo ʻAleka ma luna o kona poʻohiwi ma ke ʻano haʻohaʻo. "ʻAno ʻē maoli nō kēnā uaki!" wahi āna. "Hōʻike ʻia ka lā o ka mahina, a ʻaʻole hōʻike ʻia ka hola!"

"No ke aha e hōʻike ʻia ai kēlā?" wahi a ka Mea Pāpale. "Hōʻike *kāu* uaki iā ʻoe i ka makahiki?"

"ʻAʻole loa," i pane koke ai ʻo ʻAleka: "akā, ʻo ke kumu, ʻo ia makahiki hoʻokahi nō no ka wā lōʻihi."

"A pēlā nō hoʻi *kaʻu*," wahi a ka Mea Pāpale.

Ua huikau loa ʻo ʻAleka. Me he mea lā, ʻaʻohe wahi mea pili o ka pane ʻana o ka Mea Pāpale, akā, ʻo ka ʻōlelo nō ia o ka ʻāina. "ʻAʻole maopopo iaʻu kou manaʻo," wahi āna, ma ke ʻano ʻoluʻolu e like me ka mea i hiki.

"Ua pau hou ka ʻIole Maka Mania i ka hiamoe," wahi a ka Mea Pāpale, a ninini iki akula ʻo ia i wahi kī wela ma luna o kona ihu.

Hoʻoluli ka ʻIole Maka Mania i kona poʻo ma ke ʻano kūʻaki, a ʻōlelo maila ʻo ia me ke kaʻakaʻa ʻole o kona mau maka, "ʻOia nō, ʻoia nō; pēlā akula kaʻu mea i makemake ai e haʻi aku."

"Ua loaʻa ka haʻina o ka nane iā ʻoe?" wahi a ka Mea Pāpale, iā ia e huli ana iā ʻAleka.

"ʻAʻole, hāʻawipio wau," i pane ai ʻo ʻAleka: "He aha ka haʻina?"

"ʻAʻole loa maopopo iaʻu," wahi a ka Mea Pāpale.

"Pēia pū me aʻu," i ʻī ai ka Lāpaki ʻEuʻeu.

Kani'uhū 'o 'Āleka ma ke 'ano pauaho. "Mana'o au nui aku
nā mea maika'i e hana ai," wahi āna, "ma mua o ka ho'opau
manawa 'ana ma ka nane 'ana i ka nane 'a'ohe ona ha'ina."

"Inā ua kama'āina nō 'oe i ka Manawa e like me a'u," wahi
a ka Mea Pāpale, "'a'ole oe wala'au no ka ho'opau 'ana *iā ia.*
'O ia nō *ia.*"

"'A'ole maopopo ia'u kāu mea e 'ōlelo mai nei," wahi a
'Āleka.

"He 'oia'i'o nō!" kā ka Mea Pāpale i 'ōlelo ai me ka hāpai
pū i kona po'o ma ke 'ano ho'oki'eki'e. "'A'ole nō paha 'oe i
wala'au iki me ka Manawa!"

"'A'ole paha," i pane ai 'o 'Āleka me ke akahele: "akā,
maopopo ia'u he pono wau e pa'ipa'i i ka pana ke a'o wau i
ka mele. He 'ano helu manawa kēlā."

"'Ā! E nānā aku 'oe," wahi a ka Mea Pāpale. "'A'ole 'o ia
makemake i ka hili 'ia mai. Inā ua 'olu'olu nō 'olua 'o ka
Manawa, e hana 'o ia i nā mea like 'ole nāu e pili ana i ka
uaki. E like me kēia, pehea inā 'o ka hola 'eiwa kēia o ke
kakahiaka, 'o ia ka hola e ho'omaka ai i nā ha'awina: 'o kāu
wale nō, e hāwanawana 'oe i kahi mana'o pōkole i ka
Manawa, a 'emo 'ole nō a niniu hikiwawe ka uaki! 'O ka
hapalua hola 'ekahi ia, 'o ia ka hola pā'ina awakea!"

("Inā ho'i he pololei kēlā," wahi a ka Lāpaki 'Eu'eu iā ia
iho me ka leo li'ili'i.)

"Maika'i loa nō kēlā, he 'oia'i'o," wahi a 'Āleka ma ke 'ano
kūo'o: "akā na'e—'a'ole e pōloli ko'u 'ōpū i ia hola."

"'A'ole paha i ke kani 'ana nō o ka hola," wahi a ka Mea
Pāpale: "akā, hiki iā 'oe ke ho'okū i ka uaki ma ka hapalua
hola 'ekahi ā lō'ihi e like me kou makemake."

"Pēlā 'oe e hana ai?" i nīnau ai 'o 'Āleka.

Ho'oluli ka Mea Pāpale i kona po'o ma ke 'ano kaumaha.
"'A'ole 'o wau!" kāna i pane ai. "Ua ho'opa'apa'a māua i kēlā
Malaki aku nei—ma mua pono o kai nei lilo i ka pupule—"
(e kuhi ana 'o ia me kāna puna kī i ka Lāpaki 'Eu'eu,) "—ai

73

ma ka ʻaha mele nui i mālama ʻia e ka Mōʻī Wahine o nā Haka, a ua pono wau e mele aku

"*Auhea ʻoe, e ka ʻōpeʻapeʻa iki*
Puoho lele ʻōpeʻapeʻa ma ka lewa."

Kamaʻāina nō paha ʻoe i kēia mele nei?

"Lohe aʻela wau i kekahi mele ʻano like nō," wahi a ʻĀleka.

"Hoʻomau nō hoʻi ua mele nei," i hoʻomau ai ka Mea Pāpale, "penei hoʻi:—

> ʻ*Kaʻalelewa mai hoʻikau hōkū welowelo,*
> *Pā konane ke pā kī me ka mahina.*
> *ʻAuhea ʻoe—*ʼ"

I ia wā iho nō, hoʻoluli ka ʻIole Maka Mania i kona kino, a hoʻomaka e mele, iā ia e hiamoe ana, "*Auhea ʻoe, ʻauhea ʻoe, ʻauhea ʻoe, ʻauhea ʻoe—*" a hoʻomau akula pēlā ā piha ke kūʻaki o lākou a ʻiniki lākou iā ia e hoʻopau ai i kona mele ʻana.

"'A'ole kā i pau ko'u mele 'ana i ka paukū mua," wahi a ka Mea Pāpale, "a 'o ka uō maila nō ia o ka Mō'ī Wahine, 'Ke ho'opau maila 'oi nei i ka Manawa! 'O'oki 'ia iho kona po'o!'"

"Kā! 'Ino'ino maoli nō, 'eā!" i pane mai ai 'o 'Āleka.

"A mai ia manawa mai ho'i," i ho'omau ai ka Mea Pāpale ma ke 'ano minamina, "'a'ole 'o ia hana i kekahi mea a'u e noi ai! 'O ka hola 'eono kā kēia i nā manawa a pau."

I ia wā koke nō ho'i i ho'omaopopo ai 'o 'Āleka. "'O ia nō anei ke kumu i nui ai nā pā kī ma ne'i nei?" i nīele ai 'o ia.

"'Oia nō," wahi a ka Mea Pāpale me ke kani'uhū pū: "'O ka hola inu kī wale nō kēia i nā manawa a pau—'a'ohe ho'i o kākou manawa e holoi ai i ke pā a 'o ka ho'omaka hou akula nō ia."

"No laila, ne'e mau ana nō paha 'oukou" i nīnau ai 'o 'Āleka.

"Pēlā 'i'o nō," wahi a ka Mea Pāpale: "i ka pau 'ana nō ho'i o ke pā i ka ho'ohana 'ia."

"Akā, ai ā ho'i hou mai i ka ho'omaka 'ana?" i 'a'a ai 'o 'Āleka i ka nīnau aku.

"Pehea, i kumuhana hou ho'i na kākou," i kīkahō ai ka Lāpaki 'Eu'eu me ka pūhā pū. "Lawa loa kēia. Mamake wau e mo'olelo mai ke kaikamahine nei i kekahi mo'olelo."

"Auē, 'a'ole nō i pa'a ia'u kekahi mo'olelo," i pane mai ai 'o 'Āleka me ka pū'iwa pū.

"No laila, na ka 'Iole Maka Mania!" i 'uā pū mai ai lāua. "E ala mai 'oe, e ka 'Iole Maka Mania!" a 'iniki pū lāua iā ia ma kona mau 'ao'ao.

Ka'aka'a mālie maila nā maka o ka 'Iole Maka Mania. "'A'ole au e hiamoe ana," wahi āna me ka leo kalakala a li'ili'i ho'i: "Lohe maila wau i kā 'oukou mau 'ōlelo a pau."

"E mo'olelo mai 'oe i kahi mo'olelo!" wahi a ka Lāpaki 'Eu'eu.

"'Ae, 'oia nō!" i koikoi ai 'o 'Āleka.

"E ʻeleu mai ʻoe," i hao ai ka pane a ka Mea Pāpale, "ma hope pau hou ʻoe i ka hiamoe ma mua o ka pau ʻana."

"I ke au e kala loa," i hoʻomaka ai ka ʻIole Maka Mania me ka pupuāhulu; "e ola ana ʻekolu mau kaikamāhine ʻōpiopio, he kaikuaʻana a kaikaina lākou, a ʻo ko lākou mau inoa, ʻo ʻElesi, Lesi, a me Tili; a noho lākou ma lalo o kekahi lua wai—"

"He aha kā lākou ʻai?" i nīnau ai ʻo ʻĀleka no kona hoihoi mau i ka ʻai a me ka inu ʻana.

"ʻO ka malakeke kā lākou ʻai," i pane ai ka ʻIole Maka Mania ma hope o ka noʻonoʻo iki ʻana.

"ʻAʻole loa kēlā he mea hiki," i pane mālie ai ʻo ʻĀleka; "maʻi wale nō lākou inā pēlā."

"ʻAe, pēlā ʻiʻo akula nō," wahi a ka ʻIole Maka Mania; "*maʻi* loa."

Haʻohaʻo loa ʻo ʻĀleka i kēlā ʻano noho ʻana a he hana nui loa iā ia ka hoʻomaopopo ʻana a hoʻomau ʻo ia i ka nīnau aku: "Akā, no ke aha mai lākou i noho ai ma lalo o kekahi lua wai?"

"E inu hou ʻoe i ke kī," i panepane mai ai ka Lāpaki ʻEuʻeu iā ʻĀleka.

"ʻAʻole nō wau i hoʻomaka i ka inu ʻana," i pane hou mai ai ʻo ʻĀleka ma ke ʻano kūʻaki. "ʻAʻole hiki ke inu *hou* aku."

"ʻO ka pololei, ʻaʻole hiki ke *emi* mai ka inu ʻana inā ʻaʻole ʻoe i inu mua," wahi a ka Mea Pāpale: "maʻalahi wale nō ka inu *hou* ʻana."

"ʻO wai ke walaʻau aku nei iā *ʻoe*?" wahi a ʻĀleka.

"ʻO wai hoʻi ke walaʻau nei no ka mea pilikino?" i pane hou mai ai ka Mea Pāpale ma ke ʻano kaena pū.

Ua hōʻāʻā ʻo ʻĀleka i kēia pane ʻana: no laila, inu aʻela ʻo ia i wahi kī a ʻai i wahi ʻāpana palaoa me ka waiūpaka, a laila, huli hou ʻo ia i ka ʻIole Maka Mania a nīele hou aku ʻo ia. "No ke aha lākou i noho ai ma lalo o kekahi lua wai?"

Ua kali iki ka 'Iole Maka Mania, iā ia e noʻonoʻo ana, a laila, pane maila, "He lua malakeke ia."

"'Aʻohe loaʻa kēlā 'ano mea!" E piʻi ana ka nāukiuki o 'Āleka, akā, palepale maila ka Mea Pāpale me ka Lāpaki 'Euʻeu, "Sh! sh!" a pane mālie maila ka 'Iole Maka Mania, "Inā 'aʻole hiki iā 'oe ke noho mālie, nāu nō hoʻopau i ka moʻolelo nou iho."

"'Aʻole, e hoʻomau 'oe!" i pane hou ai 'o 'Āleka ma ke 'ano haʻahaʻa loa: "'Aʻole au e kīkahō hou. Malia paha *hoʻokahi* o ia 'ano mea i loaʻa."

"'Oia hoʻi hā!" i panepane mai ai ka 'Iole Maka Mania. Eia naʻe, 'ae akula 'o ia e hoʻomau aku. "A no laila, 'o kēia mau hoahānau wāhine 'ekolu—e aʻo ana nō hoʻi lākou i ke kaha kiʻi 'ana—"

"He aha nō hoʻi kā lākou kiʻi i kaha ai?" wahi a 'Āleka i nīnau ai me ka poina pū i kāna hoʻohiki i hoʻohiki mua ai.

"'O ka malakeke hoʻi," wahi a ka 'Iole Maka Mania me ka 'ole hoʻi o ka noʻonoʻo pono 'ana.

"I kīʻaha maʻemaʻe naʻu," i kīkahō ai ka Mea Pāpale: "E neʻe kākou hoʻokahi noho."

Ua neʻe aku 'o ia, iā ia e walaʻau ana, a hahai pū ka 'Iole Maka Mania: pani ka Lāpaki 'Euʻeu i kahi o ka 'Iole Maka Mania a pani hoʻi 'o 'Āleka i kahi o ka Lāpaki 'Euʻeu me ka makemake 'ole pū nō naʻe. 'O ka Mea Pāpale wale nō ka i pōmaikaʻi ma kēia neʻe 'ana: a ua 'oi aku ka pilikia o 'Āleka ma mua o kona noho mua 'ana 'oiai 'o ka hoʻokuʻi hewa ihola nō ia o ka Lāpaki 'Euʻeu i ka pika waiū ma luna o kāna pā.

'Aʻole i makemake 'o 'Āleka e hoʻohuhū hou i ka 'Iole Maka Mania, no laila, hoʻomaka hou maila 'o ia me ka mālama pono: "Akā, 'aʻole maopopo iaʻu. Mai hea mai kahi i ukuhi 'ia ai ka malakeke?"

"Ukuhi 'oe i ka wai mai loko mai o ka lua wai," wahi a ka Mea Pāpale; "no laila, noʻonoʻo wau he ukuhi mai hoʻi 'oe i ka malakeke mai loko mai o kekahi lua malakeke—ʻoia nō ē? Lōlō."

"Akā, ai lākou i *loko* o ka lua," wahi a ʻĀleka i ka ʻIole Maka Mania me ka nānā ʻole i kāna hana.

"ʻOia nō kā hoʻi," i ʻī ai ka ʻIole Maka Mania,—"i loko loa."

No ka huikau loa o ʻĀleka i kēia pane ʻana, ʻaʻole ʻo ia i ʻekemu hou i ka ʻIole Maka Mania ā hala kekahi wā lōʻihi.

"E aʻo ana lāua i ke kaha kiʻi ʻana," i hoʻomau ai ka ʻIole Maka Mania me ka pūhā pū a me ka ʻānaʻanai pū hoʻi i kona mau maka no ka maka hiamoe loa; "a kaha aʻela lākou i nā mea like ʻole—ʻo nā mea a pau me ka M i loko—"

"No ke aha me ka M i loko?" wahi a ʻĀleka.

"Pēlā wale ihola nō," i hoʻopuka ai ka Lāpaki ʻEuʻeu.

Noho mū hoʻi ʻo ʻĀleka.

I ia wā, e paʻa ana nā maka o ka ʻIole Maka Mania e hoʻi ai e hui pū me Niolopua; akā hoʻi, ma kona ʻiniki ʻia mai e ka Mea Pāpale, ala hou maila ʻo ia me ka ʻuī iki pū, a hoʻomau akula: "—me ka M i loko, e like me ʻūmiʻi ʻiole, a me mahina, a me hoʻomanaʻo, a me manomano—e nānā aku ʻoe, ʻōlelo nō kākou no ia mea he manomano—ua ʻike nō ʻoe i kekahi kiʻi o ia mea he manomano ma mua?"

"Kā! Ei lā ʻoe ke nīnau mai nei iaʻu," wahi a ʻĀleka me ka huikau pū nō, "I koʻu manaʻo, ʻaʻole—"

"No laila, e aho e paʻa kou waha," i hoʻopuka ai ka Mea Pāpale.

Ua pōkole loa maila ka naʻau o ʻĀleka i kēia kīkoʻolā: kū honua aʻela ʻo ia me ke kūʻaki ʻino a hele akula ma kahi ʻē; lilo koke ihola ka ʻIole Maka Mania i ka hiamoe i ia manawa nō a ʻaʻole hoʻi i nānā iki nā mea ʻelua i koe i ka hele ʻana o ʻĀleka, eia naʻe, huli hou maila ʻo ia hoʻokahi a ʻelua paha manawa me ka manaʻolana e kāhea hou mai lākou iā ia: ʻo kāna mea hope i ʻike ai, e hoʻāʻo ana lāua ala e hoʻokomo i ka ʻIole Maka Mania i loko o ka ipu hao kī.

"ʻAʻole au nānā, ʻaʻole au e hoʻi hou i *laila*!" wahi a ʻĀleka, iā ia i hāpapa hele ai i loko o ka ulu lāʻau. "ʻO ia ka pāʻina inu kī lōlō loa aʻu i hele ai i koʻu ola ʻana!"

Iā ia e ʻōlelo ana, ua ʻike aku ʻo ia he ʻīpuka ko ke kumu o kekahi o nā kumulāʻau. "He mea ʻano ʻē nō kēia!" kāna i manaʻo ai. "Akā, ua ʻano ʻē nō nā mea a pau i kēia lā. Manaʻo au e aho e komo wau i loko." A komo akula ʻo ia.

Aia i loko ʻo ia o kēlā keʻena nui hoʻokahi me ma mua, a ua kokoke ʻo ia i ka pākaukau aniani. "I kēia manawa, e ʻoi aku ka maikaʻi o kaʻu hana," wahi āna iā ia iho, a hoʻomaka akula ʻo ia ma ka lawe ʻana i ke kī kula, a me ka wehe ʻana i ka ʻīpuka e hele ai i ke kīhāpai. A laila, ʻai akula ʻo ia i wahi ʻāpana o ke kūkaelio (ua mālama ʻia ma loko o kona pākeke) ā hiki i ka piha ʻana iā ia hoʻokahi kapuaʻi: a laila, ua hele wāwae aku ʻo ia ma ke ala hāiki: a laila—ʻo kona komo akula nō ia i loko o ke kīhāpai nani, ma waena o nā māla pua ʻālohilohi a me nā pūnāwai ʻoluʻolu.

Ke Kahua Kolokē
o ka Mōʻī Wahine

Ekū ana kekahi kumu loke ma kahi kokoke i ka ʻīpuka o ke kīhāpai: he keʻokeʻo nā pua e puapua ana, akā, ʻekolu nō poʻe hana e pena ana i nā pua he ʻulaʻula. Noʻonoʻo ihola ʻo ʻĀleka he mea ʻano ʻē nō kēia, a ua hoʻokokoke aku ʻo ia iā lākou e nānā ai, a i kona hōʻea ʻana, ua lohe ʻo ia i kekahi o lākou e ʻōlelo ana, "ʻĒ, e nānā pono ʻoe, e ʻElima! Mai hoʻopakī i ka pena ma luna oʻu!"

"ʻAʻole hiki ke ʻalo aʻe," wahi a ʻElima, ma ke ʻano nuha; "hoʻokuʻi mai nei ʻo ʻEhiku i koʻu kuʻekuʻe lima."

Ma ia ʻōlelo ʻana, nānā maila ʻo ʻEhiku i luna a ʻī maila, "ʻĒ, ʻo ʻoe ma ka hōʻāhewa mau iā haʻi!"

"*Mai* walaʻau mai ʻoe!" wahi a ʻElima. "Lohe akula wau i ka Mōʻī Wahine i nehinei nō hoʻi e ʻōlelo ana he kūpono iā ʻoe ka ʻoʻoki ʻia o ke poʻo!"

"No ke aha mai?" wahi a ka mea i ʻōlelo mua.

"Nīele, e ʻElua!" i pane ai ʻEhiku.

"'Ē, he kuleana ia nona!" wahi a 'Elima, "a na'u e ha'i iā ia—no kou lawe 'ana ia i ka mea kuke he a'a tulipa, 'a'ole ho'i he 'aka'akai."

Kiola 'o 'Ehiku i kāna palaki, 'o kona ho'omaka akula nō ia i ka 'ōlelo aku "Kē! Ka hana 'ino kā—" a 'o ia ihola kona manawa i 'ike ai iā 'Āleka, iā ia e kū ana e nānā ana iā lākou, a ho'opau akula 'o ia iā ia iho: nānā pū maila lākou a kūlou ha'aha'a loa maila lākou a pau.

"E 'olu'olu, e ha'i mai" wahi a 'Āleka ma ke 'ano 'āhē "no ke aha 'oukou e pena nei i kēnā mau pua loke?"

'A'ohe 'ekemu mai o 'Elima lāua 'o 'Ehiku, akā, nānā lāua iā 'Elua. Ho'omaka maila 'o 'Elua ma ka leo ha'aha'a, "'O ke kumu ho'i, e Mise, kūpono he pua 'ula'ula ma luna o kēia kumu loke, a ua kanu hewa mākou he kumu pua ke'oke'o; a inā ʻike ka Mōʻī Wahine, e ʻoʻoki ʻia ko mākou mau poʻo. No laila, e Mise, ke noke nei mākou ma mua o kona hiki ʻana mai e—" i ia wā nō, ʻuā maila ʻo ʻElima, iā ia e nānā ana i kekahi ʻaoʻao o ke kīhāpai me ka weliweli, "Ka Mōʻī Wahine! Ka Mōʻī Wahine!", a hāʻule honua ihola nā mea mālama kīhāpai ʻekolu ma ko lākou mau alo. Lohe ʻia ka hehihehi o nā kapuaʻi wāwae he nui, a nānā aʻela ʻo ʻĀleka ma ʻō a ma ʻaneʻi me ka pīhoihoi e ʻike i ka Mōʻī Wahine.

Ma ka maka mua nā koa he ʻumi e paʻa ana i nā newa; ua like ke kiʻi o ua mau mea nei me nā mea mālama kīhāpai ʻekolu, he olōlo a pālahalaha, me ko lākou mau lima a me nā wāwae ma nā kihi: ʻo ka mea aʻe, ʻo nā aloaliʻi he ʻumi: ua kāhiko pū ʻia me nā kaimana, a kaʻi pālua lākou e like me nā koa. Ma hope o lākou nā keiki aliʻi: he ʻumi lākou, a lelele maila ua mau wahi mea nei me ka hauʻoli e paʻa pū ana i nā lima a e kaʻi pālua ana: kāhiko pū ʻia lākou me nā haka. ʻO ka mea aʻe, ʻo ia nā malihini, he mau Mōʻī Kāne me nā Mōʻī Wāhine ka nui o lākou, a ma waena o lākou, ʻike aʻela ʻo ʻĀleka i ka Lāpaki Keʻokeʻo: a e walaʻau ʻāwīwī ana ʻo ia me ka haʻalulu pū a e minoʻaka ana ʻo ia i nā mea a pau i ʻōlelo ʻia a ʻaʻole ʻo ia i nānā mai iā ia nei. Ma hope maila ke Keaka Haka e hali ana i ke kalaunu o ka Mōʻī Kāne ma luna o kekahi uluna weleweka ʻulaʻula; a ʻo ka maka hope ma kēia huakaʻi hiehie, ʻo KA MŌʻĪ KĀNE A ME KA MŌʻĪ WAHINE HAKA.

Ua kānalua iki ʻo ʻĀleka inā pono ʻo ia e moe i lalo ma kona maka e like me nā mea mālama kīhāpai ʻekolu, akā, ʻaʻole ʻo ia i hoʻomaopopo i ka lohe ʻana no kekahi lula me kēlā no nā huakaʻi; "a he aha hoʻi ka waiwai o ka huakaʻi," wahi āna i loko o kona manaʻo, "inā pono ka poʻe a pau e moe ma ko lākou alo, i mea e ʻike ʻole ai?" No laila, kū mālie ʻo ia i kona wahi e kū ana a kali akula.

I ka hiki ʻana mai o ka huakaʻi i mua o ʻĀleka, kū akula lākou a pau a nānā maila iā ia nei, a ʻī maila ka Mōʻī Wahine me ka leo ʻōkalakala "ʻO wai kēia?" wahi āna i ke Keaka Haka, a ʻo ke kūlou haʻahaʻa me ka minoʻaka wale nō kāna pane.

"Hūpō!" wahi a ka Mōʻī Wahine me ka hāpai pū i kona poʻo ma ke kūʻaki; a huli akula iā ʻĀleka a hoʻomau akula, "ʻO wai kou inoa, e ke keiki?"

"ʻO ʻĀleka koʻu inoa, e ka Mea Kiʻekiʻe," wahi a ʻĀleka me ka ʻoluʻolu loa; akā, hoʻomau akula ʻo ia, ʻōlelo ʻo ia iā ia iho, "Kāhāhā! He puʻu pepa pāʻani wale nō lākou. ʻAʻohe oʻu makaʻu iā lākou!"

"A ʻo wai hoʻi *kēia mau mea nei?*" wahi a ka Mōʻī Wahine e kēnā ana i nā mea mālama kīhāpai ʻekolu e moe ana ā puni ke kumu loke; no ka mea, ʻoiai ua like nō ka lau ma ko lākou mau kua me ka lau o ke koena o ka puʻu, ʻaʻole i hiki iā ia ke ʻike inā he mau mea mālama kīhāpai lākou a he mau koa paha a he aloaliʻi paha a i ʻole ʻo kāna mau keiki ponoʻī nō paha.

"ʻAʻohe loa oʻu kamaʻāina." wahi a ʻAleka me ka pūʻiwa i kona makoa. "ʻAʻole ia he kuleana *noʻu.*"

Ua ʻulaʻula pū maila ka maka o ka Mōʻī Wahine me ka huhū ʻino, a ma hope o ka nānā pono ʻana iā ia no kekahi manawa me he holoholona līʻō lā, hoʻomaka ʻo ia e ʻuā ʻino "ʻOʻoki ʻia kona poʻo! ʻOʻoki ʻia—"

"He lapuwale kā!" wahi a ʻAleka me ka leo nui a me ka makoa, a hāmau ʻokoʻa aʻela ka Mōʻī Wahine.

Kau maila ka Mōʻī Kāne i kona lima ma luna o kona lima, a ʻōlelo mālie akula "E nānā ʻoe, e kuʻu aloha: he keiki wale nō ʻo ia!"

Ua huli akula ka Mōʻī Wahine ma kahi ʻē ma kona nuha, a ʻōlelo akula i ke Keaka "E hoʻohuli mai iā lākou nei!"

Ua hana ke Keaka pēlā me ka mālie loa me hoʻokahi wāwae.

"E kū i luna!" wahi a ka Mōʻī Wahine me ka leo ʻuī nui, a lele honua maila nā mea mālama kīhāpai ʻekolu a kū i luna a hoʻomaka akula e kūlou i ka Mōʻī Kāne, ka Mōʻī Wahine, nā keiki aliʻi, a me nā poʻe a pau.

"Uoki kēnā!" i ʻuā ai ka Mōʻī Wahine. "Lōlō kēlā ʻano." A laila, me ka huli pū ʻana i ke kumu loke, hoʻomau akula ʻo ia, "He aha mai nei kā ʻoukou hana *ma neʻi nei?*"

"Inā he mea ʻoluʻolu ia i ka Mea Kiʻekiʻe," wahi a ʻElua, me ka leo haʻahaʻa loa a me ke kukuli ʻana ma hoʻokahi kuli, iā ia e ʻōlelo ana, "e hoʻāʻo ana mākou—"

"ʻĀ, ʻike wau!" wahi a ka Mōʻī Wahine, iā ia e nānā ana i nā pua loke. "ʻOʻoki ʻia ko lākou nei poʻo!" a hoʻomau akula ka huakaʻi me ʻekolu o nā koa e noho ana no ka pepehi ʻana i nā mea mālama kīhāpai i pōʻino, a holo akula lākou nei iā ʻĀleka e ʻimi i ka pakele.

"ʻAʻole e ʻoʻoki ʻia ko ʻoukou mau poʻo!" wahi a ʻĀleka a kau akula ʻo ia iā lākou nei i loko o kekahi ipu kanu pua ma kahi kokoke. Ua ʻimi hele nā koa ʻekolu iā lākou no kekahi wā pōkole, a laila, kaʻi hāmau akula ma kahi ʻē e uhai ana i nā mea ʻē aʻe.

"Ua pau ko lākou poʻo i ke ʻoki ʻia?" i ʻuā ai ka Mōʻī Wahine.

"Ua pau nō ko lākou mau poʻo, inā ua ʻoluʻolu i ka Mea Kiʻekiʻe!" i ʻuā ai nā koa ma ka pane ʻana.

"Maikaʻi nō!" i ʻuā ai ka Mōʻī Wahine. "ʻIke ʻoe i ka pāʻani kolokē?"

Ua hāmau nā koa a nānā akula iā ʻĀleka, ʻoiai iā ia ka nīnau i nīnau ʻia ai.

"ʻAe!" i ʻuā ai ʻo ʻĀleka.

"ʻOia, mai!" i uō ai ka Mōʻī Wahine, a komo pū akula ʻo ʻĀleka i ka huakaʻi me ka haʻohaʻo pū i ka mea aʻe e hana ʻia ana.

"He—he mālie nō kēia lā, ē!" wahi a kekahi leo ʻāhē ma kona ʻaoʻao. E hele wāwae ana ʻo ia ma ka ʻaoʻao o ka Lāpaki Keʻokeʻo e kiʻei ana i kona maka me ke kānalua pū.

"Pēlā nō," wahi a ʻĀleka: "Ai hea ke Kuke Wahine?"

"Hāmau! Hāmau!" wahi a ka Lāpaki ma ka leo haʻahaʻa a me ka ʻāwīwī pū. Nānā aʻela ʻo ia ma luna o kona poʻohiwi, iā ia e walaʻau ana, a laila, nīao akula ʻo ia a hoʻokokoke akula i kona waha ā kokoke i ko ia nei pepeiao, a hāwanawana akula "Kēnā ʻia kona pepehi ʻia ʻana."

"No ke aha?" wahi a ʻĀleka.

"He aha kāu, ʻAloha nō!ʻ?" i nīnau ai ka Lāpaki.

"ʻAʻole," wahi a ʻĀleka: "ʻAʻohe oʻu minamina. ʻŌlelo akula wau ʻNo ke aha?ʻ"

"Kīkoni ʻakula ʻo ia i ka lae o ka Mōʻī Wahine—" i hoʻomaka ai ka Lāpaki. Pohā akula ka ʻaka o ʻĀleka. "E hāmau!" i hāwanawana ai ka Lāpaki me ka makaʻu pū. "o lohe mai ka Mōʻī Wahine iā ʻoe! No ka mea, ua lohi kona hiki ʻana mai, a ʻōlelo maila ka Mōʻī Wahine—"

"E kū ma ko ʻoukou mau wahi!" i ʻuā ai ka Mōʻī Wahine me ka leo e nākulu ana, a hoʻomaka akula ka holokē ʻana o ka poʻe me ka hoʻokuʻikuʻi pū kekahi i kekahi: akā, mālie maila lākou ma hope o kekahi wā pōkole, a hoʻomaka akula ka pāʻani.

Manaʻo akula ʻo ʻĀleka ʻaʻole ʻo ia i ʻike aku i kekahi pāʻani kolokē ʻano ʻē loa me nēia i kona ola ʻana; he ʻāpuʻupuʻu a mālualua wale nō ke kahua: he puaʻa ʻōkalakala ola nā ʻulu, a he manu falamino ola ka lāʻau hili, a ua pono nā koa e hoʻopiʻo iā lākou iho me ke kū pū ʻana ma luna o ko lākou mau lima a me nā wāwae i mau piʻo.

'O ka mea pa'akikī loa iā 'Āleka, 'o ia ka ho'ohana 'ana i kāna falamino: ua ho'opa'a pono 'o ia i ke kino o ia mea ma lalo o kona pō'ae'ae ā 'ano 'olu'olu nō me nā wāwae e lewalewa ana i lalo, akā, ma ke 'ano laulā, a mālō maika'i akula ko ia ala 'ā'ī, a i ko ia nei wā ho'i i mākaukau ai e hili i ka pua'a 'ōkalakala me ko ia ala po'o, huli maila 'o ia ala a nānā maila i ko ia nei maka me ka helehelena hō'ā'ā, a pohā akula ko ia nei 'aka; a ho'opa'a akula 'o ia nei i ko ia ala po'o i lalo me ka mākaukau pū e hana hou, ua nāukiuki 'o ia i ka 'ike aku ua mohala maila ke kino o ka pua'a 'ōkalakala a ho'omaka akula e kolo ma kahi 'ē: ma waho a'e o kēia, he 'āpu'upu'u a he mālualua ke kahua i nā wahi a pau āna i mana'o ai e hili i ka pua'a 'ōkalakala, a no ke kū mau o nā koa a holo ma kahi wahi 'ē o ke kahua, ua ho'oholo koke akula 'o 'Āleka he pa'akikī maoli nō kēia pā'ani.

Pā'ani akula nā mea pā'ani a pau i ka manawa ho'okahi nō me ke kali 'ole i ko lākou pākahi manawa a ho'opa'apa'a a 'ā'ume'ume pū lākou no ka pua'a 'ōkalakala; i kekahi wā pōkole, ua pi'i loa ka pīhoihoi 'a'ole i kana mai o ka Mō'ī Wahine a pinepine kona hehi hele 'ana me ka 'uā pū aku "'O'oki 'ia kona po'o!"

Ua 'ano 'ē maila 'o 'Āleka: 'a'ole na'e 'o ia i ho'opa'apa'a iki me ka Mō'ī Wahine, akā, ua maopopo loa iā ia ua koe wale aku nō ia, "a laila," kāna i mana'o ai, "pehea ho'i ko'u hopena? Nanea loa kēia po'e i ka 'o'oki 'ana i ke po'o o nā kānaka; he mea pāha'oha'o nō ho'i he po'e kānaka nō i koe!"

E huli ana 'o ia i ala e pakele ai a ha'oha'o pū 'o ia inā ua hiki iā ia ke pakele aku me ka 'ike 'ole 'ia mai, a 'o kona wā ihola nō ia i 'ike ai i kekahi mea 'ano 'ē ma ka lewa: ua nui kona kāhāhā i ka 'ike 'ana, akā, ma hope o ka nānā 'ana no kekahi wā pōkole, ua 'ike 'o ia he mino'aka ia, a 'ī ihola ia iā ia iho "'O ka Pōpoki Kesia kā: a he hoa kama'ilio nō kā ko'u."

"Pehea mai nei ʻoe?" wahi a ka Pōpoki i ka piha pono ʻana o kona waha e walaʻau ai.

Ua kali ʻo ʻĀleka ā ʻōʻili maila kona mau maka, a laila, kūnou akula ʻo ia. "Makehewa wale nō ka walaʻau ʻana iā ia," kāna i noʻonoʻo ai, "ai nō ā piha kona mau pepeiao, a i ʻole hoʻokahi wale nō paha." ʻAʻole i liʻuliʻu a ua piha maila ke poʻo, a laila, kāpae akula ʻo ʻĀleka i kāna falamino a hoʻomaka akula e hoʻolohe iā ia. Me he mea lā, ua manaʻo akula ka Pōpoki ua lawa kona piha i kēia manawa, akā, ʻaʻohe wahi mea koe i ʻōʻili mai.

"Manaʻo au ʻaʻole kaulike ko lākou nei pāʻani ʻana," wahi a ʻĀleka ma ke ʻano ʻōhumuhumu, "a he hoʻopaʻapaʻa ikaika wale nō kā lākou nei hana, ʻaʻohe oʻu lohe iaʻu iho i ka walaʻau—a ʻaʻohe lula mōakāka: inā loaʻa, ʻaʻohe poʻe mālama—a he huikau pū hoʻi ma muli o ke ola ʻana o nā mea a pau: e nānā ʻoe, ai lā ka piʻo aʻe aʻu e komo ai, a ke holoholo ala ʻo ia ma kēlā ʻaoʻao mai o ke kahua—a ʻo koʻu manawa nō kēia e kōkē ai i ka puaʻa ʻōkalakala a ka Mōʻī Wahine, koe ua naholo akula ʻo ia i kahi ʻē i kona ʻike ʻana mai i kaʻu e holo mai ana!"

"Pehea kou manaʻo no ka Mōʻī Wahine?" wahi a ka Pōpoki me ka leo haʻahaʻa.

"ʻAʻole au makemake iā ia," wahi a ʻĀleka: "nui loa kona—" A i ia manawa koke iho nō, ʻike aʻela ʻo ia ua kokoke maila ka Mōʻī Wahine a e hoʻolohe ana: no laila, hoʻomau akula ʻo ia "—ʻeleu ma ka pāʻani a he lanakila mai koe ʻo ia, a makehewa ka hoʻomau ʻana i ka pāʻani ʻana."

Minoʻaka maila ka Mōʻī Wahine a hoʻohala maila ʻo ia.

"ʻO wai kāu mea e pāleo nei?" wahi a ka Mōʻī Kāne, iā ia e hele mai ana i kahi o ʻĀleka a me ka nānā pū i ke poʻo o ka Pōpoki ma ke ʻano haʻohaʻo loa.

"He hoaloha ʻoi nei noʻu—he Pōpoki Kesia," i pane ai ʻo ʻĀleka: "e hoʻolauna wau iā ʻolua."

"'Aʻole au makemake i kona mau helehelena," wahi a ka Mōʻī Kāne: "akā naʻe, hiki iā ia ke honi i kuʻu lima inā makemake ʻo ia."

"'Aʻole au makemake," wahi a ka Pōpoki.

"Mai kīkoʻolā mai ʻoe," wahi a ka Mōʻī Kāne, "a mai nānā mai ʻoe iaʻu pēlā!" a peʻe akula ʻo ia ma hope o ʻĀleka, iā ia e walaʻau ana.

"Hiki nō ke nānā ka pōpoki i ka mōʻī kāne," wahi a ʻĀleka. "Heluhelu maila wau i kēlā ma kekahi puke, akā, ʻaʻole au hoʻomaopopo ʻo wai lā ka puke."

"'Aʻole au nānā, pono e hōʻā ʻia ʻo ia," wahi a ka Mōʻī ma ke ʻano hoʻoholo loa; a kāhea akula ʻo ia i ka Mōʻī Wahine, iā ia e hoʻohala ana i ia manawa, "E kuʻu aloha! E wehe ʻia aku kēia pōpoki!"

Hoʻokahi wale nō hana a ka Mōʻī Wahine ma ka hoʻoponopono ʻana i ka pilikia, inā nui a liʻiliʻi. "'Oʻoki ʻia kona poʻo!" wahi āna me ka nānā ʻole ā puni ona.

"Naʻu hele kiʻi i ka mū," wahi a ka Mōʻī Kāne me ke ohohia, a holo akula ʻo ia ma kahi ʻē.

Manaʻo akula ʻo ʻĀleka e aho e hoʻi ʻo ia e nānā i ka holomua o ka pāʻani, iā ia i lohe ai i ka leo o ka Mōʻī Wahine ma kahi mamao i ka ʻuā ikaika ʻana. Ua lohe mua ʻo ia iā ia i ka haʻi aku i ka pepehi ʻia o ʻekolu o ka poʻe pāʻani no ka hala ʻana iā lākou ko lākou manawa, a ʻaʻole loa ʻo ia i hauʻoli i ka nānaina o ka pāʻani, a no ka huikau pū o ka pāʻani, ʻaʻole ʻo ia nei i ʻike inā ʻo kona manawa nō paha ia a ʻaʻole paha. No laila, hele aku nei ʻo ia i ka huli i kāna puaʻa ʻōkalakala.

E hakakā ana kāna puaʻa ʻōkalakala me kekahi puaʻa ʻōkalakala a ua manaʻo ʻo ʻĀleka he manawa kūpono ia e kōkē aku ai i kekahi o lāua me kekahi: ʻo ka pilikia wale nō, aia kāna falamino ma kekahi ʻaoʻao aku o ke kīhāpai ma kahi i ʻike ai ʻo ʻĀleka iā ia e hoʻāʻo ana me ka nāwaliwali e lele i luna o kekahi kumulāʻau.

I kona wā i hopu ai i kāna falamino a hoʻihoʻi maila, ua pau ka hakakā ʻana a ua pau nā puaʻa ʻōkalakala ʻelua i ka naholo ma kahi ʻē: "akā, ʻaʻole pilikia," i manaʻo ai ʻo ʻĀleka, "no ka mea, ua pau nā piʻo a pau mai kēia wahi aku o ke kahua." No laila, hoʻopaʻa hou ʻo ia i kāna manu ma lalo o kona pōʻaeʻae i ʻole ʻo ia e holo ma kahi ʻē, a hoʻi akula ʻo ia e kamaʻilio pū me kona hoa.

A hiki akula ʻo ia i kahi o ka Pōpoki Kesia, ua pūʻiwa ʻo ia i ka ʻike aku i kekahi pūʻulu nui o ka poʻe ā puni ona: e

ho'opa'apa'a ana ka mū, ka Mō'ī Kāne, a me ka Mō'ī
Wahine, a e wala'au pū ana lākou i ka manawa ho'okahi, me
ka noho hāmau ho'i o nā kānaka 'ē a'e a he kānalua ho'i ko
lākou mau helehelena.

I loa nō a 'ō'ili maila 'o 'Āleka, ua huli maila nā mea a pau
'ekolu iā ia me ka noi pū iā ia nāna e ho'onā i ka hihia, a helu
maila lākou i kā lākou mea e ho'opi'i ai, akā, 'oiai he wala'au
pū lākou a pau ho'okahi manawa, he hana nui iā ia ka
ho'omaopopo 'ana i kā lākou mea e 'ōlelo ana.

'O ka mea a ka mū e ho'opi'i ana, 'a'ole hiki ke 'o'oki i ke
po'o o kekahi mea inā 'a'ohe kino e 'o'oki ai: a 'a'ole 'o ia i
hana i kekahi mea me kēlā ma mua, a 'a'ohe ona mana'o e
hana pēlā i kēia manawa.

'O ka mea a ka Mō'ī Kāne e ho'opi'i ana, 'o nā mea a pau
i loa'a ke po'o, he hiki ke 'o'oki 'ia, a 'a'ole 'oe e 'ōlelo i ka
mea 'ano 'ole.

'O ka mea a ka Mō'ī Wahine e ho'opi'i ana, inā 'a'ole e
hana 'ia kekahi mea i ia manawa 'ānō, e kēnā 'o ia e 'o'oki
'ia ke po'o o nā kānaka a pau. ('O kēia 'ōlelo hope ka mea i
'ano 'ē ai ka mana'o o nā kānaka a pau me ke ku'ihē pū.)

'A'ohe mea a 'Āleka i mana'o ai koe "Na ke Kuke Wahine
kēia pōpoki: e aho e nīele aku *iā ia*."

"Ai 'o ia i loko o ka hale pa'ahao," wahi a ka Mō'ī Wahine
i ka mū: "ki'i 'ia mai 'o ia a lawe mai ma ne'i nei." A holo
akula ka mū, hemo ka pāpale.

Ua ho'omaka e nalonalo ke po'o o ka pōpoki i ka pau 'ana
o ka mū i ka holo, a i kona ho'i hou 'ana maila me ke Kuke
Wahine, ua pau loa ka pōpoki i ka nalowale: no laila, ua
holoholo loa ka Mō'ī Kāne a me ka mū ma 'ō a ma 'ane'i e
huli ana iā ia a ua ho'i hou ke koena o ka pū'ulu po'e i ka
pā'ani.

Ka Moʻolelo
o ka Honu ʻŪ

"Hauʻoli palena ʻole nō wau i ka ʻike hou aku iā ʻoe, e ke hoa!" wahi a ke Kuke Wahine, iā ia i lou ai i kona lima ma ke ʻano hoʻohoaloha i loko o ka lima pelu ʻia o ʻĀleka, a hele wāwae pū akula lāua.

Ua hauʻoli loa ʻo ʻĀleka i kona loaʻa ma ke ʻano ʻoluʻolu, a manaʻo ihola ʻo ia i loko ona malia paha ʻo ka pepa wale nō ka mea i hōʻano ʻē loa ai i kona ʻano i ko lāua hui mua ʻana ma ka lumi kuke.

"Inā lilo au he Kuke Wahine," wahi āna iā ia iho, (akā, ʻaʻole ma ke ʻano e lana ana ka manaʻo), "ʻAʻohe wahi pepa ma koʻu lumi kuke. He ʻono nō ke kupa ʻaʻohe wahi pepa— ʻO ka pepa nō paha ka mea e hōʻano ʻē ai i ke ʻano o nā kānaka ā huhū loa ke ʻano," wahi āna me ka hauʻoli loa i ke aʻo ʻana i kekahi ʻano lula hou, "a ʻawaʻawa ke ʻano o nā kānaka i ka wineka—a nunuha ka poʻe i ke kamomile—a— a ʻoluʻolu a nahenahe kamaliʻi i ke kōpaʻa huapale. Inā hoʻi i

ʻike nā kānaka a pau i *kēia*: a laila, ʻaʻole hoʻi lākou e pī i ka hāʻawi ʻana—"

Ua poina pū ʻo ia i ke Kuke Wahine i kēia manawa, a ua pūʻiwa iki i ka lohe i kona leo ma kahi kokoke i kona pepeiao. "Ke lalau akula nō paha kou noʻonoʻo, e ke hoa, a ke poina akula ʻoe i ka walaʻau. ʻAʻole nō wau ʻike i ka molala o kēlā, akā, he hoʻomaopopo mai nō koe."

"Malia paha ʻaʻohe molala," wahi a ʻĀleka.

"Kē!" i pane ai ke Kuke Wahine. "He molala ko nā mea a pau, inā ʻapo nō ʻoe." A hoʻopili hou akula ʻo ia ā pili i ka ʻaoʻao o ʻĀleka, iā ia e walaʻau ana.

'A'ole 'o 'Āleka i hoihoi i ka pili 'ana me ia: 'o ka mua o ke kumu, no ka mea, pupuka loa ke Kuke Wahine; a 'o ka lua, ua lō'ihi kūpono 'o ia e kau ai i kona 'auae ma luna o ko 'Āleka po'ohiwi, a he 'auae winiwini nō ia a 'ano 'eha nō ho'i. Akā na'e, 'a'ole 'o ia i makemake e kīko'olā: no laila, ua ho'omanawanui 'o ia e like me ka mea i hiki.

"Ke holo pono nei ka pā'ani i kēia manawa," wahi āna, ma ke 'ano e ho'omau ai i ke kama'ilio 'ana.

"Pēlā nō," wahi a ke Kuke Wahine: "a 'o ka molala o kēlā, 'o ia ho'i—"O ke aloha ka mea nui!'"

"Mea mai kekahi," i hāwanawana ai 'o 'Āleka, "e mālama 'oe i kāu, 'a'ole i kā ha'i!"

"''A'ole pilikia! 'O ia like nō ka mana'o," wahi a ke Kuke Wahine me ka hou pū nō i kona 'auae winiwini i loko o ka po'ohiwi o 'Āleka, iā ia e ho'omau ana, "a 'o ka molala o kēlā—'Kani ka pepeiao, i laila ho'i 'oe e 'oni ai'."

"Nanea loa 'oi nei i ke koho i ka molala o nā mea a pau!" kā 'Āleka i mana'o ai i loko ona.

"Ke ha'oha'o maila nō paha 'oe i ke kumu o ko'u apo 'ole 'ana i kou kīkala," wahi a ke Kuke Wahine ma hope o ke kali iki 'ana: "'O ke kumu, he kānalua wau i ke 'ano o kāu falamino. Pehea, e ho'ā'o nō paha wau?"

"He nahu nō paha 'o ia," i pane mai ai 'o 'Āleka me ka mālama pono nō me ka hoihoi 'ole ho'i iā ia e ho'ā'o.

"Pololei nō," wahi a ke Kuke Wahine: "he nahu nō ka falamino e like me ka mākeke pū nō . 'O ka molala o kēlā—'Lele 'āuna nā manu hulu like'."

"Koe 'a'ole ka mākeke he manu," i ho'opuka ai 'o 'Āleka.

"Pololei mau nō kāu," wahi a ke Kuke Wahine: "he mōakāka nō ho'i kō ho'ākāka 'ana mai!"

"He minelala nō paha ia i ko'u mana'o," wahi a 'Āleka.

"'Oia'i'o ho'i," wahi a ke Kuke Wahine, a he 'eleu 'o ia i ka 'aelike aku me nā mea a pau a 'Āleka i 'ōlelo ai: "ai kekahi

lua ʻeli mākeke ma kahi kokoke i neʻi. A ʻo ka molala o kēlā—
ʻNāu ka mua, a naʻu ka lua'."

"'Ā, maopopo nō!" i ʻuā ai ʻo ʻĀleka me kona hoʻolohe ʻole
i ka ʻōlelo hope i ʻōlelo ʻia maila, "He lāʻau ia. ʻAʻole nō pēlā
kona nānaina, akā, he lāʻau nō."

"He ʻaelike nō wau i kāu," wahi a ke Kuke Wahine; "a ʻo
ka molala o kēlā—ʻE like nō ʻoe me ka mea i manaʻo ʻia'—a
i ʻole, ma ka hoʻākāka hou ʻana—ʻMai hoʻokohu iā ʻoe iho i
ka mea e manaʻo ʻia ai ʻoe i ka nānā ʻana o haʻi ʻo kou ʻano
ia, ʻaʻole i ʻokoʻa i kou kūlana mua i ka nānā ʻana hoʻi o haʻi
i ko lākou nānā ʻana mai iā ʻoe'."

"Manaʻo au he ʻoi aku koʻu ʻapo," wahi a ʻĀleka ma ke ʻano
ʻoluʻolu, "inā kākau wau i kāu ʻōlelo: ʻaʻole nō i maopopo iaʻu
i kō hoʻopuka wale ʻana mai nei."

"He mea ʻole kēlā ke hoʻohālike me kaʻu e ʻōlelo ai e like me
koʻu koho ʻana," i pane ai ke Kuke Wahine ma ke ʻano
hauʻoli.

"E ʻoluʻolu, mai ʻōlelo hou mai, ua lawa nō kāu," wahi a
ʻĀleka.

"Auē, mai walaʻau mai ʻoe no ka pilikia!" wahi a ke Kuke
Wahine. "He makana kaʻu mau ʻōlelo a pau ā hiki i kēia."

"He makana waiwai emi nō paha!" kā ʻĀleka i manaʻo ai.
"Hauʻoli nō au ʻaʻohe makana lā hānau pēlā!" Akā, ʻaʻole ʻo
ia i ʻaʻa e hoʻopuka leo nui penei.

"Ke lauwili hou maila nō paha kou noʻonoʻo, pehea lā?" i
nīele mai ai ke Kuke Wahine, iā ia e ʻō hou ana i kona ʻauae
winiwini.

"He kuleana nō koʻu e noʻonoʻo ai," wahi a ʻĀleka ma ke
ʻano ʻōhumu ma muli o ka piʻi o kona kuʻihē.

"Pēlā pū nō paha ke kuleana," wahi a ke Kuke Wahine, "o
nonoi hele ka ʻelepaio i iʻa; a ʻo ka m—"

Akā, i ia wā nō i pūʻiwa ai ʻo ʻĀleka me ka hauʻoli pū i ka
pau ʻana o ka leo o ke Kuke Wahine i waena hoʻi o kona
hoʻopuka ʻana i kāna huaʻōlelo punahele, ʻo ʻmolala', a

ho'omaka a'ela e ha'alulu ka lima i lou 'ia ma kona. Nānā a'ela 'o 'Āleka i luna, a aia ma laila ke kū maila ka Mō'ī Wahine i mua o lāua me kona mau lima i pelu 'ia a me ka maka huhū 'ino e like me ke kai kōā 'o 'Alenuihāhā.

"He mālie nō ho'i kēia lā ē, e ka Mea Ki'eki'e!" i ho'omaka ai ke Kuke Wahine ma ka leo ha'aha'a a nāwaliwali.

"'Ānō, ke kauleo aku nei au iā 'oe," i 'uā mai ai ka Mō'ī Wahine me ka hehi 'ino i kona wāwae, iā ia e 'ōlelo ana; "e hele pēlā nō 'oe o 'o'oki 'ia aku ho'i kō po'o me ka 'emo 'ole! Nāu nō koho!"

Koho akula ke Kuke Wahine e pakele aku, hemo loa ka pāpale.

"E ho'omau kākou i ka pā'ani," wahi a ka Mō'ī Wahine iā 'Āleka; a ua kau 'ino ka weli o 'Āleka i ka 'ekemu aku, no laila, hahai mālie wale akula nō 'o ia iā ia i ke kahua kolokē.

Ua hau'oli nā malihini 'ē a'e i ka lalau aku o ka Mō'ī Wahine ma kahi 'ē, a e ho'omaha ana lākou i ka malumalu: akā, a 'ike maila lākou iā ia, auau akula lākou i ka pā'ani me ka 'ōlelo pū nō na'e o ka Mō'ī Wahine inā he kali hou 'ana, 'o ka make mai nō koe.

Iā lākou e pā'ani ana, 'a'ohe pau 'ana o ka ho'opa'apa'a 'ana o ka Mō'ī Wahine me nā mea pā'ani 'ē a'e me ka 'uā pū aku "'O'oki 'ia iho kona po'o!" Lawe 'ia akula ka po'e āna i kēnā ai e ho'omake 'ia e nā koa, a no laila, ua pono lākou e ha'alele i kā lākou hana, 'o lākou nā pi'o, a no laila, 'a'ole i li'uli'u a 'a'ohe wahi pi'o i koe, a ua pau loa ka po'e i ka lawe pio 'ia no ke kēnā 'ia o ka pepehi 'ana, koe ka Mō'ī Kāne, ka Mō'ī Wahine, a me 'Āleka.

A laila, ho'ōki ihola ka Mō'ī Wahine me ka papauaho, a 'ī akula iā 'Āleka, "Ua 'ike mua nō 'oe i ka Honu 'Ū?"

"'A'ole," i pane ai 'o 'Āleka. "'A'ole maopopo ia'u ia 'ano mea he Honu 'Ū."

"'O ia ka mea e hana 'ia ai ke Kupa Honu 'Ū," wahi a ka Mō'ī Wahine.

"'Aʻohe oʻu 'ike a lohe paha no kēlā 'ano," wahi a 'Āleka.

"No laila, mai," wahi a ka Mōʻī Wahine, "a nānā e moʻolelo mai iā 'oe i kona moʻolelo."

Iā lāua e hele wāwae ana i kahi 'ē, lohe maila 'o 'Āleka i ka Mōʻī Kāne i ka haʻi 'ana i ke anaina holoʻokoʻa ma ka leo haʻahaʻa, "Ua kala 'ia 'oukou." "'Oia, *pono* kēlā!" wahi a 'Āleka iā ia iho, no ka mea, ua minamina loa nō 'o ia i ka nui o ka poʻe i kēnā 'ia ai ko lākou pepehi 'ia.

'Aʻole i liʻuliʻu a hiki akula lāua i kekahi Galaipona e hiamoe mālie ana i ka lā. (Inā 'aʻole maopopo iā 'oe ke kiʻi o ia 'ano mea he Galaipona, e nānā i ke kiʻi.) "E ala mai 'oe, e ka moloā!" wahi a ka Mōʻī Wahine, "e lawe aku i kēia kaika-mahine e 'ike i ka Honu 'Ū no ka hoʻolohe i kona moʻolelo. Pono au e hoʻi e nānā i kekahi o nā pepehi 'ana aʻu i kēnā ai;" a hele wāwae akula 'o ia i kahi 'ē a waiho mālie akula iā 'Āleka me ke Galaipona. 'Aʻole i makemake 'o 'Āleka i ka nānā 'ana o ua tutua ala, akā, ua manaʻo 'o ia ua palekana 'o ia i ka noho pū me ia ma mua o ka noho 'ana me ka Mōʻī Wahine: no laila, ua kali 'o ia.

Ua noho pololei ke Galaipona i luna a 'āna'anai i kona mau maka: a laila, nānā akula 'o ia i ka Mō'ī Wahine ā pau 'o ia i ka 'ike 'ia: a laila, ehehene akula 'o ia. "Ho'omake'aka nō ho'i!" wahi a ke Galaipona iā ia iho a me 'Āleka pū.

"He aha ka mea ho'omake'aka?" wahi a 'Āleka.

"'Oi *ala*," wahi a ke Galaipona. "'O kona kuko wale nō kēlā, akā, 'a'ohe po'e e pepehi maoli 'ia. Mai!"

"Nui ka ho'opuka 'ana o ka po'e o ne'i, 'Mai!'" i mana'o ai 'o 'Āleka, iā ia i hele mālie aku ai ma hope ona: "'A'ole au i kēnā nui loa 'ia penei ma mua i ko'u ola 'ana!"

'A'ole i mamao ka hele 'ana a 'ike akula lāua i ka Honu 'Ū ma kahi mamao, he kaumaha a mehameha kona nānaina a e kau ana ma luna o kekahi lihi pōhaku, a i ko lāua ho'okokoke 'ana aku, lohe maila 'o 'Āleka iā ia e kani'uhū ana me he mea lā e lu'ulu'u ana 'o ia. Minamina loa ihola 'o ia iā ia ala. "He aha kāna mea e kaumaha ai?" wahi āna i nīele ai i ke Galaipona. A pane maila ke Galaipona, ma ke 'ano 'ane'ane like nō me ma mua, "'O kona kuko ihola nō ia: 'a'ohe nō ona kaumaha. Mai!"

No laila, hele akula lāua i ka Honu 'Ū a nānā maila 'o ia ala iā lāua nei me nā maka e hālo'ilo'i ana, akā, 'a'ohe ona 'ekemu mai.

"He makemake kēia kaikamahine," wahi a ke Galaipona, "e ho'olohe i kou mo'olelo."

"Na'u ho'ākāka aku," i pane mai ai ka Honu 'Ū me ka leo ha'aha'a a 'ōnāwali iki: "E noho 'olua a mai ho'opuka i kekahi 'ōlelo ā pau ka'u ha'i 'ana."

No laila, noho akula lāua a 'a'ohe po'e i 'ekemu mai no kekahi manawa. No'ono'o ihola 'o 'Āleka i loko ona, "Pehea lā e hiki ai iā ia ke ho'opau inā 'a'ole 'o ia e ho'omaka." Akā, ua kali mālie 'o ia.

"I kekahi wā ma mua," 'akahi nō ka ho'opuka 'ana o ka Honu 'Ū, "he Honu maoli nō wau."

A pau kēia mau huaʻōlelo i ka hoʻopuka ʻia, ua lōʻihi ka hāmau ʻana, a eia aku a eia mai, kani ana ke Galaipona "Ehehē!", a laila, haʻu ikaika ka Honu ʻŪ. Ua ʻaneʻane e kū ʻo ʻĀleka i luna a hoʻopuka mai, "Mahalo iā ʻoe no kāu moʻolelo hoihoi," akā, ua haʻohaʻo loa ʻo ia no ka pau ʻana o kēia moʻolelo, no laila, ua noho mālie akula ʻo ia a ʻaʻole ʻo ia i ʻekemu iki aku.

"I ko mākou wā kamaliʻi," ʻakahi nō hoʻi ka hoʻomau ʻana a ka Honu ʻŪ, ua mālie hou maila kona ʻano, me ka haʻu pū naʻe i kekahi manawa, "hele mākou i ke kula i ke kai. ʻO ke kumu, he Honu 'elemakule—kāhea mākou iā ia 'o Honu Makua—"

"No ke aha 'oe i kāhea ai iā ia 'o Honu Makua inā 'a'ole 'o ia 'o kou makua?" i nīnau ai 'o 'Āleka.

"Kāhea mākou iā ia 'o Honu Makua, no ka mea, nāna i a'o mai iā mākou," wahi a ka Honu 'Ū me ka huhū: "Nui loa nō ho'i kou na'aupō!"

"Kē! Hilahila kā kēia 'ano nīnau na'aupō," i ho'opuka ai ke Galaipona; a laila, noho pū ihola lāua 'elua a nānā akula i kēia wahi 'Āleka, e mae ana ho'i i ka hilahila. 'Akahi nō ho'i ka 'ī mai o ke Galaipona, "E ho'omau mai 'oe, e ke hoa! Mai mili'apa hou mai!", a ho'omau akula ka Honu 'Ū penei:—

"'Ae, hele mākou i ke kula ma ke kai, inā 'oe hilina'i mai a 'a'ole paha—"

"'A'ole au i 'ōlelo 'a'ohe o'u hilina'i!" i kīkahō ai 'o 'Āleka.

"Pēlā maila nō kāu," wahi a ka Honu 'Ū.

"E pa'a kēnā waha!" i ho'omau ai ke Galaipona, ma mua o ka 'oaka hou 'ana mai o ka waha o 'Āleka. Ho'omau ka Honu 'Ū.

"Ua maika'i loa ko mākou ho'ona'auao 'ia 'ana—'o ka 'oia'i'o, hele mākou i kēlā lā kēia lā—"

"'O wau kekahi i hele akula i kekahi kula lā" wahi a 'Āleka. "'A'ole kēnā he mea e kaena ai."

"Me nā keu pū nō?" i nīnau mai ai ka Honu 'Ū ma ke 'ano ku'ihē.

"'Ae," wahi a 'Āleka, "Ua a'o mākou i ka 'ōlelo Palani a me ka mele."

"A me ka holoi 'ana kekahi?" wahi a ka Honu 'Ū.

"'A'ole ho'i!" wahi a 'Āleka ma ke 'ano kū'aki.

"'Ā! No laila, 'a'ole 'o kou he kula maika'i loa," wahi a ka Honu 'Ū ma ke 'ano maha o ka na'au. "Ma *ko mākou* kula, aia ma ka pau 'ana o ka papa helu, 'Ka 'ōlelo Palani, ka mele, *a me ka holoi 'ana*—he keu'."

"'Aʻole paha ia he papa i makemake nui ʻia," wahi a ʻĀleka; "iā ʻoe e noho ana ma ka papakū o ka moana."

"'Aʻole i lawa kaʻu kālā e hoʻopaʻa ai i kēlā kumuhana," wahi a ka Honu ʻŪ me ka ʻuhū pū. "Komo wau i nā papa maʻamau."

"He aha kēlā?" i nīele ʻai ʻo ʻĀleka.

"Ke Kunewa ʻana a me ke Kaʻawili ʻana nō hoʻi ka hoʻomaka ʻana," i pane mai ai ka Honu ʻŪ; "a laila, nā māhele like ʻole—ke Kuko ʻana, ka Hoʻolalau ʻana, ka Hoʻopupuka ʻana, a me ke Kūamuamu ʻana."

"'Aʻole au i lohe mua i ia ʻano mea he ʻHoʻopupuka ʻana'," i ʻaʻa ai ʻo ʻĀleka i ka hoʻopuka aku. "He aha kēlā?"

Hāpai ke Galaipona i kona mau maiʻao i luna ma ka pūʻiwa. "'Aʻole kā ʻoe i lohe i ia ʻano mea he hoʻopupuka ʻana!" kāna i ʻuā ai. "Maopopo nō iā ʻoe ia ʻano mea he hoʻouʻiuʻi ʻana, ē?"

"'Ae," i pane ai ʻo ʻĀleka ma ke ʻano kānalua: "'o ka manaʻo—'o ia ka hana ʻana ā uʻi kekahi mea."

"A no laila hoʻi," i hoʻomau ai ke Galaipona, "inā ʻaʻole maopopo iā ʻoe ia ʻano mea he hoʻopupuka, nui nō kou naʻaupō."

'Aʻole i manaʻo ʻo ʻĀleka e nīnau hou aku: no laila, huli akula ʻo ia i ka Honu ʻŪ a ʻōlelo akula "He aha hou aʻe kāu i aʻo ai?"

"'O ka Mea Pōliu," i pane mai ai ka Honu ʻŪ me ka helu pū i nā kumuhana ma kona mau ʻēheu, "—Nā Mea Pōliu kahiko me nā mea hou, me ka Hōʻike Moana: a laila, ke Kaha ʻana—'o ke kumu Kaha, he puhi ūhā ʻelemakule, hele maila ʻo ia hoʻokahi manawa o ka pule: a ʻo maila ʻo ia iā mākou i ke Kaha ʻana, ka Hoʻomālō ʻana, a me ka Maʻule Pōkaʻa ʻana."

"Pehea *kēlā*?" wahi a ʻĀleka.

"'Aʻole nō hiki iaʻu ke hōʻikeʻike maoli iā ʻoe," wahi a ka Honu ʻŪ: "Nui loa ka ʻoʻoleʻa o kuʻu kino. A ʻaʻole i aʻo ke Galaipona i ia ʻano."

"'Aʻole i loaʻa ka manawa," wahi a ke Galaipona: "Akā, hele aku nei au i ke kumu ʻIke Kuʻuna. He pāpaʻi ʻelemakule nō ʻo ia."

"'Aʻole au i hele iā ia," i ʻī ai ka Honu ʻŪ me ke kaniʻuhū pū. "Ua aʻo ʻo ia i ka ʻAka ʻana a me ka Mānewanewa ʻana; ʻo ia ka mea i ʻōlelo ʻia."

"'Ā, pēlā nō, pēlā nō," wahi a ke Galaipona me ke kaniʻuhū pū; a hūnā ua mau tutua nei i ko lāua mau maka me ko lāua mau lima.

"A ʻehia mau hola o ka pule i hoʻopaʻa ai ʻolua i ka haʻawina?" wahi a ʻĀleka ma ka pupuāhulu no ka hoʻololi ʻana i ke kumuhana.

"'Umi kumamālua hola i ka lā mua," wahi a ka Honu ʻŪ: "'umi kumamākahi hola i ka lā aʻe, a pēlā aku."

"Hoihoi kēlā ʻano papa hana!" i ʻuā ai ʻo ʻĀleka.

"Hoʻomaka mākou i ka lā o ke kai piʻi loa," wahi a ke Galaipona, "a emi i ia lā aʻe a ia lā aʻe ā pau loa i ka lā kai maloʻo."

He manaʻo hou kēia iā ʻĀleka, a noʻonoʻo ihola ia ma mua o ka hoʻopuka ʻana i kekahi ʻōlelo. "No laila, he lā hoʻomaha ka lā ʻumi kumamākolu?"

"'Oia nō hoʻi," wahi a ka Honu ʻŪ.

"A pehea hoʻi ka lā ʻumi kumamāhā?" i hoʻomau ai ʻo ʻĀleka me ka pīhoihoi.

"Ua lawa kēia no nā haʻawina," i kīkahō ai ke Galaipona ma ke ʻano kūoʻo. "E haʻi iā ia no nā pāʻani i kēia manawa."

Ka Hulahula Ula

Kani'uhū nui ihola ka Honu 'Ū a 'āna'anai 'o ia i kona mau maka me kona 'ēheu. Nānā akula 'o ia iā 'Āleka, a ho'ā'o akula 'o ia e 'ōlelo, akā, no kekahi manawa pōkole, 'u'umi 'ia kona leo i ka ha'u 'ana. "Pēia nō ho'i ke pu'ua 'oi nei i ka iwi," wahi a ke Galaipona; a ho'omaka akula 'o ia e ho'oluliuli a ku'iku'i iā ia ma kona kua. 'Akahi nō ho'i ka pohala hou 'ana mai o kona leo, a kulukulu kona waimaka ma kona mau pāpālina, a ho'omau akula 'o ia:—

"'A'ole 'oe i 'ike *maoli* i ka noho ma lalo o ke kai—" ("'A'ohe loa o'u noho 'ana pēlā ma mua," wahi a 'Āleka)— "a malia paha 'a'ole 'oe i launa mua me kekahi ula—" (Ho'omaka akula 'o 'Āleka e 'ōlelo "'Ai mai nei wau i—" akā, hopu a'ela 'o ia iā ia iho, a 'ōlelo ihola "'A'ole, 'a'ole loa") "—no laila, 'a'ole 'oe i 'ike aku i ka nani o ia mea he Hulahula Ula!"

"'A'ole loa," wahi a 'Āleka. "He aha kēlā 'ano hulahula?"

"Kā," wahi a ke Galaipona, "ho'omaka 'oe ma ke kū lālani ma ka 'ae kai—"

"ʻElua lālani!" i ʻuā ai ka Honu ʻŪ. "ʻO nā ʻīlio kai, nā honu, ke kāmano, a pēlā aku: a laila, ā pau ka wehewehe ʻia o nā pololia—"

"ʻAno lōʻihi nō kēia hana," i kīkahō ai ke Galaipona.

"—keʻehi i mua ʻelua manawa—"

"He ula ka hoa hulahula o kēlā me kēia!" i ʻuā ai ke Galaipona.

"ʻOia hoʻi," wahi a ka Honu ʻŪ: "keʻehi i mua ʻelua manawa, a he hoa hulahula nō—"

"—kuapo i ka ula, a peki i hope ma ia ʻano like nō," i hoʻomau ai ke Galaipona.

"A laila, ʻo ka hana," i hoʻomau ai ka Honu ʻŪ, "kiola ʻoe i ka—"

"Nā ula!" i ʻuā ai ke Galaipona me ka lelele pū ma ka lewa.

"—ā mamao loa e like me ka mea i hiki—"

"ʻAu ā hiki i kahi o lākou!" i ʻuā ai ke Galaipona.

"Kuala i loko o ke kai!" i ʻuā ai ka Honu ʻŪ e lelele hele ʻino ana ma ʻō a ma ʻaneʻi.

"Kuapo hou i ka ula!" i ʻuā ai ke Galaipona me ka leo ikaika loa.

"Hoʻi i uka—a ʻo ia ka puni mua," wahi a ka Honu ʻŪ me ka emi honua ʻana o kona leo; a pau honua ihola ka lelele ʻana o ua mau tutua nei ʻelua ma ke ʻano pupule a noho hou ihola me ke kaumaha loa a me ka hāmau loa a nānā akula lāua iā ʻĀleka.

"He hulahula uʻi nō paha ia," wahi a ʻĀleka ma ke ʻano ʻāhē.

"Makemake ʻoe e ʻike?" wahi a ka Honu ʻŪ.

"ʻAe, ʻoia nō," wahi a ʻĀleka.

"Mai, e hoʻāʻo kāua i ka puni mua!" wahi a ka Honu ʻŪ i ke Galaipona. "ʻAʻole pilikia ka loaʻa ʻole o ka ula. Na wai e hīmeni?"

"Auē, nāu hīmeni," wahi a ke Galaipona. "Poina wau i nā huaʻōlelo."

No laila, hoʻomaka lāua e hulahula ma ke ʻano kūoʻo ā puni ʻĀleka, a i kekahi manawa, hehi hewa lāua ma luna o kona mau manamana wāwae i ka pili loa ʻana mai, a me ka hoʻāni ʻana i ko lāua mau kapuaʻi ma ka helu ʻana i ka pana, ʻoiai e hīmeni mālie ana ka Honu ʻŪ me ke kaumaha pū:—

"E wiki ka hele" wahi ka pakaliao i ka pūpū.
"He naiʻa, ua pili mai ma hope hilihili i kuʻu hiʻu.
Nānā i ka neʻemua, nā ula me nā honu!
Ua pili mai, kakali mai komo mai i ka hulahula.

Komo mai, pili mai, hulahula mai, leʻaleʻa nō.
Komo mai, pili mai, hulahula mai, leʻaleʻa nō.

"Keu ka leʻaleʻa hoʻolauleʻa
Kiola ʻia mākou me nā ula pū ā kai loa!"
Eia ka pane a ka pūpū "Mamao loa, mamao loa!" kiʻei,
* hālō—*
Mahalo ka pakaliao, ʻoluʻolu nō, ʻaʻohe komo i ka hulahula.
Komo mai, pili mai, hulahula mai, leʻaleʻa nō.
Komo mai, pili mai, hulahula mai, leʻaleʻa nō.

"Ka mea nui, lōʻihi ka hele," pēlā kā ka hoa kalakala.
"Aia ma kapa kai, aia ma haʻi.
Mamao iā ʻEnelani, pili iā Palani—
ʻAʻole e hākeakea, e ka pūpū, mai, e hulahula pū.
Komo mai, pili mai, hulahula mai, leʻaleʻa nō.
Komo mai, pili mai, hulahula mai, leʻaleʻa nō."

"Mahalo, he hoihoi ka nānā ʻana i ka hulahula," wahi a ʻĀleka me ka maha o kona manaʻo i ka pau ʻana: "a hoihoi nō hoʻi iaʻu kēlā hīmeni no ka pakaliao!"

"ʻĀ, ʻo ka pakaliao," i ʻī ai ka Honu ʻŪ, "ua ʻike nō ʻoe i ia ʻano iʻa ma mua?"

"ʻAe," wahi a ʻĀleka, "He iʻa maʻamau kēlā ma ka pāʻi—" hoʻokū ʻo ia iā ia iho ma ka pupuāhulu.

"ʻAʻole maopopo iaʻu kahi o ka Pāʻi," wahi a ka Honu ʻŪ, "akā, inā pinepine kou ʻike ʻana iā lākou, kamaʻāina nō ʻoe i ko lākou ʻano."

"Pēlā nō paha," i pane ai ʻo ʻĀleka me ka noʻonoʻo pū. "Ai ko lākou hiʻu i loko o ko lākou waha—a paʻapū lākou i ka hunahuna palaoa."

"Ua hewa nō kāu no ka hunahuna palaoa." wahi a ka Honu ʻŪ: "Pau loa kēlā i ka holoi ʻia e ke kai. Akā, ai ko lākou hiʻu i loko o ko lākou waha; a ʻo ke kumu—" i ia manawa i pūhā ai ka Honu ʻŪ a paʻa kona mau maka. "E haʻi iā ia no ke kumu a pēlā aku," wahi āna i ke Galaipona.

"ʻO ke kumu," wahi a ke Galaipona, "he holo *pū* lākou me nā ula i ka hulahula. No laila, kiola pū ʻia lākou i waho i ke kai. No laila, lōʻihi ko lākou hāʻule ʻana. No laila, paʻa ko lākou mau hiʻu i loko o ko lākou mau waha. No laila, ʻaʻole i hiki ke hemo hou. ʻO ia wale nō."

"Mahalo," wahi a ʻĀleka, "he mea hoihoi kēlā. Ua nui nō kaʻu mea i aʻo ai no ka pakaliao."

"Hiki iaʻu ke haʻi i nā mea he nui aku, inā makemake ʻoe," wahi a ke Galaipona. "Maopopo nō iā ʻoe ka mea nui o ka pakaliao?"

"ʻAʻole au i noʻonoʻo ma mua," wahi a ʻĀleka. "No ke aha mai?"

"Hinuhinu ke kāmaʻa iā ia," i pane ai ke Galaipona ma ke ʻano kūoʻo.

Ua huikau pū ʻo ʻĀleka. "Hinuhinu ke kāmaʻa iā ia!" kāna i hoʻopili aku ai me ka haʻohaʻo pū.

"Pehea e hana ʻia ai kou mau kāmaʻa?" wahi a ke Galaipona. "He aha hoʻi ka mea e hinuhinu ai?"

Nānā akula ʻo ʻĀleka i kona mau kāmaʻa, a noʻonoʻo akula ʻo ia ma mua o ka pane ʻana. "He ʻaila hinu pipi, i kuʻu manaʻo."

"Ma lalo o ke kai," i hoʻomau ai ke Galaipona me ka leo haʻahaʻa loa, "hana ʻia me ka hinu pakaliao. ʻĀnō, ʻike ʻoe."

"A he aha ka mea e hana ʻia ai ke kāmaʻa?" i nīnau ai ʻo ʻĀleka ma ke ʻano nīele loa.

"Kā! He ʻili puhi me ka pākiʻi hoʻi," i pane ai ke Galaipona: "Hiki nō i ka ʻōpae maʻamau ke haʻi iā ʻoe."

"Inā ʻo wau ka pakaliao," wahi a ʻĀleka me ka hoʻomau pū i ka noʻonoʻo i ka hīmeni, "ʻōlelo aku au i ka naiʻa, 'E hoʻomamao aku ʻoe: ʻaʻole mākou makemake iā ʻoe me mākou!'"

"Ua pono nō e pili mau 'o ia me lākou," wahi a ka Honu 'Ū: "''a'ole e hele kekahi i'a akamai i kekahi wahi inā 'a'ohe nai'a."

"'Oia nō kā?" wahi a 'Āleka me ka leo pū'iwa ho'i.

"'A'ole loa," wahi a ka Honu 'Ū. "Inā hiki mai kekahi i'a ia'u a ha'i mai ia'u e hele ana 'o ia i ka huaka'i, e 'ōlelo aku au me 'Me nā i'a hea ho'i?'"

"He 'nai'a' nō ho'i kāu e 'ōlelo nei?" wahi a 'Āleka.

"Ua lohe maila nō kā 'oe i ka'u 'ōlelo," i panepane mai ai ka Honu 'Ū ma ke 'ano nāukiuki. A ho'omau akula ke Galaipona "E mo'olelo mai i kāu mau hana kupanaha."

"Hiki nō ia'u ke helu i ka'u mau hana kupanaha—mai kēia kakahiaka nei mai," wahi a 'Āleka ma ke 'ano 'āhē iki: "akā, makehewa ka helu 'ana mai nehinei mai, no ka mea, he mea 'oko'a wau i ia manawa."

"E ho'ākāka mai," wahi a ka Honu 'Ū.

"'A'ole, 'a'ole! 'O kāu mau hana kupanaha ma mua," wahi a ke Galaipona ma ke 'ano ho'opīhoihoi: "He mea ho'opau manawa ka ho'ākāka 'ana."

No laila, ho'omaka 'o 'Āleka i ka haha'i iā lāua i kāna mau hana kupanaha mai kona 'ike mua 'ana mai i ka Lāpaki Ke'oke'o. 'Ano ha'alulu nō 'o ia i ka ho'omaka 'ana, a ho'okokoke maila nā tutua 'elua iā ia ā pili loa, ho'okahi ma kēlā me kēia 'ao'ao ona, a ka'aka'a akula ko lāua mau maka, iā ia e mo'olelo mai ana. Ua hāmau 'oko'a ka po'e ho'olohe ā hiki aku 'o ia i ka māhele o kona pela 'ana i ka mele, *"Ua 'elemakule 'oe, e Pāpā Uilama"*, i ka 'Enuhe, a me ka huikau pū o na hua'ōlelo, a laila, hanu ikaika ihola ka Honu 'Ū, a 'ōlelo akula 'o ia "Hoihoi loa kēia."

"He hoihoi loa nō kēia," wahi a ke Galaipona.

"Ua huikau pū ka 'ōlelo!" i ho'opuka ai ka Honu 'Ū me ka no'ono'o nui pū. "Makemake au e ho'olohe iā ia i ka ho'ā'o i ka pela mai i kekahi mea i kēia manawa. E ha'i iā ia e

ho'omaka." Nānā akula 'o ia i ke Galaipona me he mea lā he
mana kona ma luna o 'Āleka.

"E kū a pela mai, *"O ka leo ia o ka moloā',"* wahi a ke
Galaipona.

"Kā! Ma ke kauoha wale nō kēia po'e tutua e pela mai i ka
ha'awina!" i mana'o ai 'o 'Āleka. "E aho nō ke wau ma ke
kula i kēia manawa 'ānō." Akā na'e, kū a'ela 'o ia a
ho'omaka akula i ka pela mai, akā, ua huikau pū kona po'o i
ka Hulahula Ula a 'a'ole 'o ia i ho'olohe pono i kāna mau
hua'ōlelo, a ua 'ano 'ē nō ho'i ka ho'opuka 'ana:—

> *"'O ka leo o ka Ula: Lohe wau i ka ha'i mai*
> *'Ua mo'a loa wau ā mai pāpa'a, hāwena ke oho.'*
> *Me he koloa lā me ke po'i maka, pēia pū me ka ihu*
> *Pono i ka 'ili kuapo me nā pihi, a huli nā manamana*
> *   wāwae i mua.*
> *Aia ā malo'o ke one, 'oli'oli nō 'o ia.*
> *A wala'au kūamuamu me he Manō lā:*
> *Aia na'e, ā pi'i ke kai a ho'opuni mai manō,*
> *Lohe 'ia ka leo nahe he ha'alulu ke kani."*

"'Oko'a kēlā mai ka mea i pa'a ia'u i ko'u wā kamali'i,"
wahi a ke Galaipona.

"'A'ole nō wau i lohe mua i kēia mele," wahi a ka Honu 'Ū:
"akā, he namu maopopo 'ole kona 'ano."

'A'ole i 'ekemu iki 'o 'Āleka; noho wale nō 'o ia me kona
maka ma kona mau lima me ka ha'oha'o pū inā e ho'i hou
mai ke ao i kona 'ano ma'amau.

"Makemake au i ka ho'ākāka mai," wahi a ka Honu 'Ū.

"'A'ole hiki iā ia ke ho'ākāka mai," i pane hikiwawe mai ai
ke Galaipona. "E ho'omau i ka paukū a'e."

"Akā, pehea kona mau manamana wāwae?" i koikoi ai ka
Honu 'Ū. "Pehea ho'i i hiki ai ke huli me kona ihu pū nō?"

"'O ia ke kūlana mua ma ka hulahula 'ana," i 'ī ai 'o 'Āleka; akā, ua huikau pū 'o ia i kēia kumuhana holo'oko'a, a 'i'ini akula 'o ia e ho'ololi i ke kumuhana.

"E ho'omau i ka paukū a'e," i ho'opuka ai ke Galaipona ma ke 'ano nāukiuki: "'o ka ho'omaka 'ana, '*Ua mā'alo au i kāna māla*'."

'A'ole i 'a'a 'o 'Āleka e ho'okuli, akā, ua mana'o nō 'o ia e hemahema pū ana, a ho'omau akula 'o ia me ka leo ha'alulu:—

"Ua māʻalo au i kāna māla, a ʻike kahi maka,
Kaʻana like Pueo me Paneta i ka pai ʻiʻo:
Lawe Paneta i ka pāpaʻa, ke kai, ka ʻiʻo,
Lawe Pueo i ke pā, ʻo ia kāna māhele.
A pau pū ka pai, ʻae ʻia Pueo, i keu,
E lawe i ke puna:
Lilo iā Paneta ka pahi me ke ʻō me ka nunulu pū,
ʻO ka pau ihola nō ia o ka pāʻina—"

"He aha ka waiwai o ka pela hou aku i ua mau mea nei," i kīkahō ai ka Honu ʻŪ, "inā ʻaʻohe hoʻākāka ʻana, iā ʻoe e pela nei? ʻO kō pela ʻana mai, he huikau pū!"

"ʻAe, manaʻo au e aho e hoʻōki ʻoe," wahi a ke Galaipona: a ua nui ka hauʻoli o ʻĀleka e hana pēlā.

"E hoʻāʻo paha kākou i kekahi puni o ka Hulahula Ula?" i hoʻomau ai ke Galaipona. "A i ʻole, makemake ʻoe i ka Honu ʻŪ e mele i kekahi mele hou?"

"ʻŌ, i mele, e ʻoluʻolu, e ka Honu ʻŪ," i pane ai ʻo ʻĀleka me ka pīhoihoi loa, a ʻōlelo maila ke Galaipona ma ke ʻano kūʻaki, "Hm! Mea ʻole kā ka ʻono o ka puʻu! E mele iā *Kai Honu* iā ia, e ʻoluʻolu, e ke hoa?"

ʻUhū ikaika ihola ka Honu ʻŪ, a hoʻomaka akula ma ka leo i ʻumi ʻia i kekahi manawa ma ka haʻu ʻana ma ka mele ʻana i kēia mele nei:—

"Keu ka ʻono, Kai lihaliha,
Aia i loko o ke pola kai!
Na wai e ʻole e kūpou?
Kai o ke ahiahi, Kai ʻono!
Kai o ke ahiahi, Kai ʻono!
*   Kai ʻo—no ʻiʻo nō!*
*   Kai ʻo—no ʻiʻo nō!*
Kai o ke ahiahi,
*   Kai ʻono, Kai ʻono nō!*

"Kai ʻono! He aha ia mea he iʻa,
He ʻiʻo holoholona paha, he iʻa paha o kahi ʻano?
Na wai e ʻole e hoʻolilo ʻelua keneka
No ke Kai ʻono ʻiʻo nō?
ʻElua keneka no ke Kai ʻono nō?
  Kai ʻo—no ʻiʻo nō!
  Kai ʻo—no ʻiʻo nō!
Kai o ke ahiahi,
  Kai ʻono, Kai ʻONO NŌ!"

"E hana hou i ka hui!" i ʻuā ai ke Galaipona, a ʻo ka hoʻomaka hou akula nō ia o ka Honu ʻŪ i ka hīmeni hou aku, a laila, lohe ʻia akula ka ʻōlelo "Ke hoʻomaka nei ka hoʻokolokolo ʻana!" ma kahi mamao mai.

"Mai!" i ʻuā ai ke Galaipona, a me ka hopu pū ʻana i ka lima o ʻĀleka, holo kikī akula ʻo ia i kahi ʻē me ke kali ʻole ʻana hoʻi i ka pau ʻana o ua mele lā.

"He aha kēia hoʻokolokolo ʻana?" i haha ai ʻo ʻĀleka, iā ia e holo ana; akā, ʻo ka pane wale ʻana nō o ke Galaipona, ʻo ia hoʻi, "Mai!" a hōʻeleu hou akula i kona holo, a hoʻomau maila nō hoʻi ka leo kaumaha e emi ana i ka hanehane i hali ʻia hoʻi na ka makani ma hope mai o lāua:—

"Kai o ke ahiahi,
  Kai ʻono, Kai ʻono nō!"

M O K U N A XI

Na Wai i ʻAihue
i nā Meaʻono?

E noho ana ka Mōʻī Kāne a me ka Mōʻi Wahine ma ko
lāua mau noho aliʻi i ko lāua nei hiki ʻana aku, me
kekahi anaina nui i ʻākoakoa mai ā puni lāua—ʻo nā ʻano
manu liʻiliʻi a me nā holoholona like ʻole, me ka puʻu pepa
pāʻani holoʻokoʻa pū nō: e kū ana ke Keaka ma mua o lākou,
nakinaki ʻia i ke kaula hao, a me kekahi koa ma kēlā a me
kēia ʻaoʻao e kiaʻi ana iā ia; a aia ma kahi kokoke i ka Mōʻī
Kāne ka Lāpaki Keʻokeʻo, me kekahi pū puhi ma hoʻokahi
lima, a me kekahi ʻōwili ʻili palapala ma kekahi. Aia ma
waenakonu o ka ʻaha kekahi pākaukau, me kekahi pā mea-
ʻono nui ma luna: he ʻono ʻiʻo nō ka nānā ʻana, a ua piʻi ka
ʻono o ʻĀleka i kona nānā ʻana akula—"E ʻeleu ka hoʻopau
ʻana i ka ʻaha hoʻokolokolo," kāna i manaʻo ai, "a kaʻana like
i ka meaʻono!" Akā, hoka nō hoʻi; no laila, nānā wale aku ʻo
ia i nā mea a pau ā puni ona e hoʻohala ai i ka manawa.

ʻAʻole ʻo ʻĀleka i hele i kekahi ʻaha hoʻokolokolo ma mua,
akā, heluhelu akula nō ʻo ia no ia mea ma nā puke, a ua

113

hauʻoli ʻo ia i kona hoʻomaopopo ua ʻike ʻo ia i ka inoa o ka hapa nui aku o nā mea a pau ma laila. "'O ia ka luna kānāwai," wahi āna iā ia iho, "no kona lauoho kuʻi nunui."

ʻO ka luna kānāwai, ʻo ia nō ka Mōʻi Kāne; a ʻoiai ua kau kona kalaunu ma luna o kona lauoho kuʻi (e nānā i ka ʻaoʻao pale o mua o kēia puke nei e ʻike ai i ka nānā ʻana o kēia), ʻaʻole nō i ʻoluʻolu ka nānā ʻana o kēia, a ʻaʻole hoʻi he uʻi.

"A ʻo kēlā ka pahu kiule," i manaʻo ai ʻo ʻĀleka, "a ʻo kēlā poʻe mea ola ʻumi kumamālua," (ua pono ʻo ia e ʻōlelo "mea ola", no ka mea, ʻo kekahi, he holoholona, a ʻo kekahi, he manu) "i koʻu kuhi, ʻo lākou ke kiule." ʻŌlelo akula ʻo ia i kēia huaʻōlelo hope ʻelua a ʻekolu paha manawa iā ia iho me ka haʻaheo pū nō hoʻi: no ka mea, a he kūpono nō hoʻi, ua emi loa ka nui o nā kaikamāhine liʻiliʻi o kona pae i ʻike i ka manaʻo o ia mau mea. Akā naʻe, kūpono nō naʻe ka ʻōlelo "nā kānaka o ke kiule".

Ua lilo nā kiule ʻumi kumamālua i ke kahakaha nui ʻana ma luna o nā papa kākau. "He aha kā lākou hana?" i hāwanawana ai ʻo ʻĀleka i ke Galaipona. "'Aʻohe wahi mea e kākau ai, ma mua o ka hoʻomaka ʻana o ka hoʻokolokolo ʻana."

"Ke kākau maila lākou i ko lākou mau inoa," i hāwanawana ai ke Galaipona ma ka pane ʻana, "o poina lākou ma mua o ka pau ʻana o ka hoʻokolokolo ʻana."

"Keu ka hūpō!" wahi a ʻĀleka ma ka leo nui ma ke ʻano nāukiuki; akā, hoʻōki koke akula ʻo ia, no ka mea, ʻuā maila ka Lāpaki Keʻokeʻo, "E hāmau ka ʻaha!" a kau akula ka Mōʻī Kāne i kona mau makaaniani i lalo a nānā akula ma ʻō a ma ʻaneʻi me ka haʻohaʻo pū ʻo wai ke walaʻau mai ana.

Ua hiki iā ʻĀleka ke ʻike akāka, e like me ke kiʻei ʻana ma luna o ko lākou mau poʻohiwi, e kākau ana nā kiule a pau iā "Keu ka hūpō!" ma luna o kā lākou mau papa kākau, a ua ʻike aku ʻo ia ʻaʻole i hiki i hoʻokahi o lākou ke pela iā "hūpō," a ua pono ʻo ia e noi i ka mea ma kona ʻaoʻao e haʻi iā ia. "E huikau pū kā lākou mau papa kākau ma mua o ka pau ʻana o ka hoʻokolokolo ʻana!" i manaʻo ai ʻo ʻĀleka.

ʻUīʻuī ka penikala a kekahi kiule. ʻAʻohe loa o ʻĀleka hoʻo-manawanui i kēia, a ua hele aku ʻo ia ā puni ka ʻaha ā ma hope o ia mea ola, a ʻaʻole i liʻuliʻu a ua loaʻa ka manawa kūpono e kāʻili ai i ka penikala. No ka ʻāwīwī loa o kāna hana ʻana, ʻaʻole i ʻike aku kēia wahi kiule (ʻo Pila ia, ʻo ia ka moʻo) i ka mea i hana ʻia; no laila, ma hope o ka huli hele ʻana i kāna penikala me ka hoka, ua pono ʻo ia e kākau me hoʻokahi manamana lima no ke koena o ka lā; a he makehewa wale nō kēia, no ka mea, ʻaʻohe wahi kaha i waiho ʻia.

"E ke Kūkala, e heluhelu mai i ka mea i hōʻāhewa ʻia ai!" wahi a ka Mōʻī Kāne.

I ia manawa, ua hoʻokani ka Lāpaki Keʻokeʻo i ka pū ʻekolu manawa, a laila, wehewehe maila ʻo ia i ka ʻōwili ʻili palapala, a heluhelu maila ʻo ia penei:—

"'O ka Mō'ī Wahine Haka, ua puhi mai nei i mea'ono,
I kekahi lā kau wela:
'O ke Keaka Haka, 'a'ohe loa'a 'o ka leka kono,
'Aihue ka hana a holo pēlā!"

"E ho'oholo 'oukou i ko 'oukou mana'o," wahi a ka Mō'ī Kāne i ke kiule.

"Alia iki, alia iki!" i 'uā hikiwawe ai ka Lāpaki. "Nui nō ka mea e hiki mai ma mua o kēlā!"

"E kāhea 'ia ka 'ike maka mua," wahi a ka Mō'ī Kāne; a ho'okani akula ka Lāpaki i ka pū 'ekolu manawa, a ho'ōho akula, "Ka 'ike maka mua!"

'O ka 'ike maka mua, 'o ia ka Mea Pāpale. Komo maila 'o ia me kekahi kī'aha kī ma ho'okahi lima a me kekahi 'āpana palaoa hāpala 'ia i ka waiūpaka ma kekahi lima. "E kala mai 'oe ia'u, e ka Mea Ki'eki'e," i ho'omaka ai 'o ia, "no ka lawe 'ana mai i kēia mau mea nei i loko nei: akā, 'a'ole nō i pau ka'u kī a 'o ko'u kēnā 'ia maila nō ia."

"E aho kou ho'opau 'ana," wahi a ka Mō'ī Kāne. "Ināhea 'oe i ho'omaka ai?"

Nānā akula ka Mea Pāpale i ka Lāpaki 'Eu'eu; ua hahai akula 'o ia iā ia i loko o ka 'aha ho'okolokolo, e lou lima ana me ka 'Iole Maka Mania. "'O ka lā 'umi kumamāhā nō paha o Malaki, i ku'u mana'o," wahi āna.

"Lā 'umi kumamālima," wahi a ka Lāpaki 'Eu'eu.

"Lā 'umi kumamāono," wahi a ka 'Iole Maka Mania.

"E kākau i kēlā," wahi a ka Mō'ī Kāne i ke kiule, a kākau akula ke kiule i ia mau lā 'ekolu ma luna o kā lākou mau papa kākau, a laila, hō'ulu'ulu pū ihola i ia mau helu, a ho'olilo akula i ka ha'ina he kālā me ke keneka.

"E wehe i kou pāpale," wahi a ka Mō'ī Kāne i ka Mea Pāpale.

"'A'ole no'u kēia pāpale," wahi a ka Mea Pāpale.

"*Aihue 'ia!*" i ho'ōho ai ka Mō'ī Kāne me ka huli pū i ke kiule, a kākau hikiwawe akula lākou i ia kū'i'o.

"He mālama wau i ia mea e kālewa aku ai," i ho'omau ai ka Mea Pāpale ma ka ho'ākāka 'ana: "'A'ohe o'u wahi mea no'u pono'ī. He mea hana pāpale wau."

I ia manawa i kau ai ka Mō'ī Wahine i kona makaaniani, a ho'omaka akula 'o ia i ka hākilo 'ana i ka Mea Pāpale, a ua hākeakea maila ko ia nei maka a ha'alulu 'ino ihola.

"Hō mai kāu mea hō'ike," wahi a ka Mō'ī Kāne; "a mai ha'alulu o pepehi 'ia 'oe i kēia manawa 'ānō."

'A'ole i kōkua 'ia ka 'ike maka penei: kake mau ana kekahi wāwae, a laila, kekahi wāwae, a nānā pū aku 'o ia i ka Mō'ī Wahine, a ua huikau pū kona maka, a nahu akula 'o ia i ke kī'aha a nahā maila kekahi 'āpana, hala ka palaoa me ka waiūpaka iā ia.

I ia manawa nō, ua 'ano 'ē maila 'o loko o 'Āleka, a ua huikau 'o ia ā hiki i kona ho'omaopopo 'ana i ke kumu: e ho'omaka ana 'o ia e ulu hou ā nui, a 'o kona no'ono'o ihola nō ia e kū a ha'alele i ka 'aha ho'okolokolo; akā, ma kona no'ono'o hou 'ana, ho'oholo a'ela 'o ia e noho ma kona wahi e noho ana 'oiai ua lawa kūpono ka lumi.

"Mai ho'okē mai 'oe," wahi a ka 'Iole Maka Mania e noho ana ma kona 'ao'ao. "Hana nui ka hanu 'ana."

"'A'ole hiki ke 'alo a'e," wahi a 'Āleka ma ke 'ano ha'aha'a: "Ke ulu nei wau."

"'A'ohe ou kuleana e ulu ma *ne'i nei*," wahi a ka 'Iole Maka Mania.

"Mai 'ōlelo hūpō," wahi a 'Āleka ma ke 'ano makoa loa: "Ke ulu pū nei nō 'oe kekahi."

"'Ae, akā, *mālie* kūpono ko'u ulu 'ana," wahi a ka 'Iole Maka Mania: "'a'ole ma ke 'ano pupule e like me 'oe." A kū mālie a'ela 'o 'Āleka a hele akula ma kekahi 'ao'ao o ka 'aha ho'okolokolo.

I ke au ʻana o kēia manawa, ʻaʻole i hoʻōki aku ka Mōʻī
Wahine i ka hākilo ʻana i ka Mea Pāpale, a i ka wā i kaha ai
ka ʻIole Maka Mania ā kekahi ʻaoʻao o ka ʻaha hoʻokolokolo,
ʻōlelo ihola ia i kekahi luna o ka ʻaha, "E lawe ʻia mai ka papa
helu o nā mea hīmeni ma ka ʻaha mele hope aku nei!" a
haʻalulu ʻinoʻino loa ihola ka Mea Pāpale i kēia lohe ʻana, a
hemo akula kona mau kāmaʻa ʻelua.

"Hō mai kāu hōʻike," i kēnā hou mai ai ka Mōʻī Kāne ma
ke ʻano huhū, "o pepehi ʻia ʻoe me kou haʻalulu nō."

"He kanaka ʻilihune wau, e ka Mea Kiʻekiʻe," i hoʻomaka ai
ka Mea Pāpale me ka leo haʻalulu, "a i kekahi lā, e ʻono ana
ka puʻu i ke kī—ʻaʻole nō i hala hoʻokahi pule aku nei—a no
ka emi loa o ka palaoa a me ka waiūpaka—a me ka hulali hoʻi
o ke kī—"

"Ka hulali o ke *aha*?" wahi a ka Mōʻī Kāne.

"Ua hoʻomaka i ka lā," i pane ai ka Mea Pāpale.

"ʻOia, he lā nō hoʻi ko loko o kēnā huaʻōlelo ʻo hulali!" i
pane ʻōkalakala mai ai ka Mōʻī Kāne.
"Manaʻo ʻoe he lōlō wau? E hoʻomau!"

"He kanaka ʻilihune wau," i hoʻomau
ai ka Mea Pāpale, "a he hulali nā
mea he nui ma hope o ia
manawa—koe ʻōlelo mai ka
Lāpaki ʻEuʻeu—"

"ʻAʻole au i ʻōlelo i kekahi
mea!" i kīkahō ai ka Lāpaki
ʻEuʻeu ma ka pupuāhulu.

"ʻAe, ua ʻōlelo mai nō ʻoe!"
wahi a ka Mea Pāpale.

"Hōʻole wau!" wahi a ka Lāpaki
ʻEuʻeu.

"Ke hōʻole maila ʻo ia,"
wahi a ka Mōʻī Kāne: "e
kāpae ʻoe i kēnā māhele."

"'A'ole pilikia; 'ōlelo maila ka 'Iole Maka Mania—" i ho'omau ai ka Mea Pāpale me ka nānā pū ā puni ona me ka ha'alulu e 'ike ai inā he hō'ole pū mai 'o ia kekahi: akā, 'a'ohe wahi hō'ole o ka 'Iole Maka Mania, no ka mea, ua pau 'o ia i ka hiamoe.

"Ma hope o kēlā," i ho'omau ai ka Mea Pāpale, "'Oki wau i 'āpana palaoa hou, hāpala nō ho'i i ka waiūpaka—"

"Akā, he aha ka mea a ka 'Iole Maka Mania i 'ōlelo mai nei?" i nīnau mai ai kekahi kiule.

"'A'ole au ho'omaopopo," wahi a ka Mea Pāpale.

"*Pono* 'oe e ho'omaopopo," i 'ī mai ai ka Mō'ī Kāne, "inā 'a'ole, e pepehi 'ia nō 'oe."

Hā'ule ke kī'aha kī i ka Mea Pāpale me ka palaoa a me ka waiūpaka pū nō, a kukuli ihola ia ma ho'okahi kuli. "He kanaka 'ilihune wau, e ka Mea Ki'eki'e," kāna i ho'opuka ai.

"'O ka mea i nele iā 'oe, 'o ia ka *'ike* i ka *wala'au*," wahi a ka Mō'ī Kāne.

I ia manawa nō, pohā maila ka 'aka o kekahi o nā 'iole pua'a, a hopu hikiwawe 'ia 'o ia e nā ilāmuku o ka 'aha. (He hana 'ino kēia hana; e ho'ākāka wale aku au i ka mea i hana 'ia. He 'eke huluhulu kā lākou i nāki'i 'ia ai ma ka waha me ke kaula: aia i loko o laila i hō'ō 'ia ai ka 'iole pua'a, 'o ke po'o ma mua, a laila, noho akula lākou ma luna ona.)

"Hau'oli au i ko'u 'ike 'ana i kēia hana," i mana'o ai 'o 'Āleka. "Nui ko'u heluhelu 'ana i loko o nā nūpepa, ma ka pau 'ana o ka ho'okolokolo 'ia 'ana, 'Ho'ā'o 'ia e pa'ipa'i lima ke anaina, a kāohi koke 'ia kēia hana e nā ilāmuku o ka 'aha,' a 'a'ole i maopopo ia'u ka mana'o o kēia ā hiki i kēia."

"Inā 'o ia wale nō kou 'ike no kēia mo'olelo, hiki nō iā 'oe ke iho i lalo," i ho'omau ai ka Mō'ī Kāne.

"'A'ole hiki ke emi hou aku," i pane ai ka Mea Pāpale: "Ei wau ma ka papahele i kēia manawa."

"No laila, e ho'i 'oe i kou noho," i pane ai ka Mō'ī Kāne.

I ia wā, 'uā akula kekahi 'iole pua'a, a kāohi 'ia 'o ia.

"Auē, pau pū nā ʻiole puaʻa!" i manaʻo ai ʻo ʻĀleka. "'Ānō, ʻoi aku ka ʻāwīwī o ka holo o ka hana."

"Makemake au e hoʻopau aku i kaʻu kī," wahi a ka Mea Pāpale me ka nānā pū i ka Mōʻī Wahine me ka haʻalulu pū; e heluhelu ana ʻo ia i ka papa inoa o ka poʻe hīmeni.

"Hiki iā ʻoe ke hoʻi," wahi a ka Mōʻī Kāne, a haʻalele akula ka Mea Pāpale i ka ʻaha me ka ʻāwīwī me ke kali ʻole ʻana no ke komo ʻana i kona kāmaʻa.

"—a ʻoʻoki ʻia aku kona poʻo i waho," i hoʻomau ai ka Mōʻī Wahine i kekahi o nā ilāmuku: akā, ua pau ka Mea Pāpale i ka nalowale ma mua o ka hiki ʻana o ka ilāmuku i ka ʻīpuka.

"Kāhea ʻia mai ka ʻike maka aʻe!" wahi a ka Mōʻī Kāne.

ʻO ka ʻike maka aʻe, ʻo ia ka mea kuke a ke Kuke Wahine. E paʻa ana ʻo ia i ka pahu pepa ma kona lima, a ua koho pono aku ʻo ʻĀleka ʻo wai lā kēia, ma mua o kona komo ʻana mai i loko o ka ʻaha, ma muli hoʻi o ke kihekihe nui ʻana o ka poʻe ma kahi o ka ʻīpuka.

"Hō mai kāu hōʻike," wahi a ka Mōʻī Kāne.

"'Aʻole," wahi a ka mea kuke.

Nānā akula ka Mō‘ī Kāne i ka Lāpaki Ke‘oke‘o me ka ha‘alulu pū; e ‘ōlelo ana ‘o ia me ka leo ha‘aha‘a, “Pono ka Mea Ki‘eki‘e e ninaninau i *kēia* ‘ike maka.”

“Inā ho‘i he pono, he pono nō,” wahi a ka Mō‘ī Kāne ma ke ‘ano kaumaha, a ma hope o ka pelu ‘ana i kona mau lima me ka nānā pū ‘ana i ka mea kuke me ka liolio pū o ka maka a ‘ane‘ane loa e pa‘a pū, ‘ōlelo ihola ‘o ia me ka leo ha‘aha‘a, “Hana ‘ia ka mea‘ono i ke aha?”

“‘O ka pepa ka mea nui,” wahi a ka mea kuke.

“He malakeke,” i ‘ī ai kahi leo maka hiamoe ma hope ona.

“Ho‘opa‘a ‘ia aku ka lī ma ka ‘ā‘ī o ua ‘Iole Maka Mania nei,” i ‘uī ai ka Mō‘ī Wahine. “‘O‘oki ‘ia ke po‘o o ka ‘Iole! Wehe ‘ia aku ka ‘Iole mai kēia ‘aha aku! Kāohi ‘ia ‘o ia! E ‘iniki iā ia! ‘Ako ‘ia kona ‘umi‘umi!”

No kekahi mau minuke, he pī‘ō‘ō ‘oko‘a ka ‘aha ma ke kīpeku ‘ia ‘ana o ka ‘Iole Maka Mania, a i ka wā i mālie hou maila ka ‘aha, ua pau ka mea kuke i ka nalowale.

“‘A‘ole pilikia!” wahi a ka Mō‘ī Kāne ma ke ‘ano maha. “Kāhea ‘ia mai ka ‘ike maka a‘e.” A ho‘omau akula ‘o ia me ka leo ha‘aha‘a i ka Mō‘ī Wahine, “‘Oia kā, e ku‘u aloha, *nāu* ho‘i ninaninau i ka ‘ike maka a‘e. ‘Eha ho‘i ku‘u wahi po‘o i kēia hana!”

Nānā akula ‘o ‘Āleka i ka Lāpaki Ke‘oke‘o, iā ia e pa‘a hemahema ana i ka palapala a ua pi‘i kona nīele i ka ‘ike aku i ke ‘ano o ka ‘ike maka a‘e, “—no ka mea ho‘i, ‘a‘ole na‘e i nui ka hō‘ike,” wahi āna iā ia iho. Keu kona pū‘iwa i ka heluhelu ‘ana mai o ka Lāpaki Ke‘oke‘o me ka leo winiwini a li‘ili‘i ho‘i i ka inoa, ‘o “‘Āleka!”

MOKUNA XII

Ka Hōʻike a ʻĀleka

"Ma ʻaneʻi au!" i kāhea ai ʻo ʻĀleka me ka poina pū, i ka hiu ʻana o ke au, i ka ulu ʻana o kona lōʻihi i loko o nā minuke i hala hope akula, a no kona hikilele honua ʻana, kulaʻi akula ʻo ia i ka pahu kiule me ka huʻa o kona lole, a kahuli pū nā kiule i luna o nā poʻo o ke anaina ma lalo, a e moe kauliʻiliʻi ana lākou, a i kona nānā ʻana, ua like ka nānā ʻana me kekahi ipu mālama iʻa kula aniani āna i hoʻokahuli hewa ai i kekahi pule ma mua iho.

"Auē, e *kala mai* ʻoukou iaʻu!" kāna i ʻuā ai me ka leo piʻoloke, a hoʻomaka akula ʻo ia e ʻohi hele iā lākou pākahi e like me ka ʻāwīwī i hiki, no ka mea, e hoʻi ana kona hoʻomaopopo ʻana i ka ulia iʻa kula, a manaʻo ihola ʻo ia he pono e ʻohi koke ʻia lākou a pau a hoʻihoʻi ʻia i loko o ka pahu kiule o make lākou.

"ʻAʻole hiki ke hoʻomau ka hoʻokolokolo ʻana," i ʻī ai ka Mōʻī Kāne me ka leo kūoʻo loa, "ai nō ā hoʻi nā kiule ma ko lākou wahi ponoʻī—*lākou a pau*," wahi āna me ka leo ikaika me ka hākilo pono ʻana iā ʻĀleka, iā ia e ʻōlelo ana.

Nānā akula ʻo ʻĀleka i ka pahu kiule a ʻike akula, ma kona
hana pupuāhulu ʻana, ua hoʻihoʻi aku ʻo ia i ka moʻo me kona
poʻo e huli ana i lalo, a e konini ʻino ana kona huelo ma ke
ʻano pīʻōʻō, a ʻaʻole i hiki iā ia ke ʻoni. ʻAʻole i liʻuliʻu a wehe
maila ʻo ia iā ia a hoʻohuli hou iā ia ā pololei; "ʻaʻole nō paha
he mea nui," kāna i ʻī ai iā ia iho; "manaʻo au *ʻo ia mea like
nō* inā huli ana ʻoi nei i luna a i lalo paha."

A mālie hou maila ke kiule ma hope o ke kahuli ʻana, a me
ka loaʻa hou o kā lākou mau papa kākau a me nā penikala iā
lākou, hoʻomau akula lākou i ka hana ʻo ke kākau ʻana i ka

mo'olelo o ka ulia, koe ka mo'o, ua lo'ohia pū 'o ia i ka uluhua a ua hiki 'ole ke hana i kekahi mea, a noho wale ihola nō 'o ia me ka hāmama mai o kona waha me ka nānā pū i luna i ka huna o ke ke'ena.

"He aha kou 'ike no kēia mo'olelo?" wahi a ka Mō'ī Kāne iā 'Āleka.

"'A'ohe mea," wahi a 'Āleka.

"'A'ohe *wahi* mea?" i koikoi ai ka Mō'ī Kāne.

"'A'ohe wahi mea," wahi a 'Āleka.

"He mea nui kēlā," wahi a ka Mō'ī Kāne me ka huli pū i ke kiule. E ho'omaka ana lākou e kākau i kēia 'ōlelo ma luna o kā lākou mau papa kākau, a kīkahō maila ka Lāpaki Ke'oke'o: "*'A'ole* ho'i he mea nui, 'o ia ka mana'o o ka Mea Ki'eki'e," kāna i ho'opuka ai ma ke 'ano ho'omaika'i, akā, ua huhū kona maka a e haikaika ana 'o ia, iā ia e 'ōlelo ana.

"*'A'ole* ho'i he mea nui, 'o ia akula ko'u mana'o," i ho'opuka ai ka Mō'ī Kāne ma ka pupuāhulu, a 'ōlelo akula 'o ia iā ia iho ma ka leo ha'aha'a, "mea nui—'a'ole he mea nui—'a'ole he mea nui—he mea nui—" me he mea lā e ho'ā'o ana 'o ia i kēlā me kēia hua'ōlelo, 'o ka mea hea ka mea i 'oi a'e kona pono.

Ua kākau kekahi o nā kiule, "he mea nui", a kākau akula kekahi "'a'ole he mea nui". Ua 'ike aku 'o 'Āleka i kēia, no ka mea, ua kokoke nō 'o ia iā lākou e 'ike ai i kā lākou mau papa kākau; "akā, 'a'ole pilikia," kāna i mana'o ai i loko ona iho.

I ia wā nō, e kākau ana ka Mō'ī Kāne i loko o kāna puke kākau mana'o, a ho'ōho maila 'o ia "E hāmau!" a heluhelu maila 'o ia mai loko mai o kāna puke, "Lula helu Kanahā kumamālua. *E ha'alele ka po'e a pau i 'oi aku ko lākou lō'ihi i ka mile ho'okahi i ka 'aha.*"

Nānā maila nā mea a pau iā 'Āleka.

"*'A'ole* he ho'okahi mile ko'u lō'ihi," wahi a 'Āleka.

"E nānā aku 'oe," wahi a ka Mō'ī Kāne.

"Kokoke piha ʻelua mile ka lōʻihi," i hoʻomau ai ka Mōʻī Wahine.

"ʻAʻole pilikia, ʻaʻole au e hele," wahi a ʻĀleka: "akā, ʻaʻole kēlā he lula maʻamau: ʻo kou haku wale akula nō ia."

"ʻO ia ka lula kahiko loa o ka puke," wahi a ka Mōʻī Kāne.

"No laila, he pono e hoʻokau ʻia ʻo ia ka Helu ʻEkahi," wahi a ʻĀleka.

Ua hākeakea mai ka maka o ka Mōʻī Kāne, a pani honua ʻo ia i kāna puke kākau manaʻo. "E hoʻoholo ʻoukou i ko ʻoukou manaʻo," kāna i ʻōlelo aku ai i ke kiule me ka leo haʻahaʻa e haʻalulu ana.

"He mau hōʻike hou nō i koe, e ka Mea Kiʻekiʻe," wahi a ka Lāpaki Keʻokeʻo, iā ia e lelele ana i luna ma ka pupuāhulu; "ʻakahi nō a loaʻa mai kēia palapala."

"He aha ka ʻōlelo ma luna?" wahi a ka Mōʻī Wahine.

"ʻAʻole naʻe au i wehe," wahi a ka Lāpaki Keʻokeʻo, "akā, me he mea lā, he leka kēia i kākau ʻia e ka paʻahao i—i kekahi poʻe."

Pēlā nō kā e pono ai ē?" wahi a ka Mōʻī Kāne, "koe inā kākau ʻia ia mea ʻaʻole na kekahi poʻe, a he mea ʻano ʻē nō kēlā."

"Iā wai i kākau ʻia ai ia mea?" wahi a kekahi o ke kiule.

"ʻAʻole i kākau ʻia i kekahi poʻe," wahi a ka Lāpaki Keʻokeʻo; "ʻo ka pololei, ʻaʻohe wahi mea i kākau ʻia ma *waho*." Wehewehe maila ʻo ia i ka palapala, iā ia e ʻōlelo ana, a hoʻomau akula ʻo ia "ʻAʻole nō kā ia he leka: he mau lālani mele hoʻi."

"Ua kākau ʻia ma ka lima kākau o ka paʻahao?" i nīnau ai kekahi o nā kiule.

"ʻAʻole," wahi a ka Lāpaki Keʻokeʻo, "a ʻo ia ka mea ʻano ʻē loa." (Huikau pū nā helehelena o nā kiule a pau.)

"Kākau akula nō paha ʻo ia ma ke ʻano he kanaka ʻē ʻo ia," wahi a ka Mōʻī Kāne. (Lana hou maila nā helehelena o nā kiule.)

"E 'olu'olu, e ka Mō'ī Kāne," wahi a ke Keaka, "'A'ole na'u
i kākau i ka palapala, a 'a'ole hiki iā lākou ke hō'oia'i'o mai
pēlā: 'a'ohe inoa i pūlima 'ia ma ka pau 'ana."

"Inā 'a'ole nāu i pūlima," wahi a ka Mō'ī Kāne, "pi'i hou
aku ke kūlana pilikia. He mana'o kolohe wale nō paha kou
ma ia hana, inā 'a'ole, he pūlima 'oe i kou inoa e like me ke
kanaka hana 'oia'i'o."

E pa'ipa'i lima ana ke anaina i kēia: 'o ka mea akamai mua
nō ia a ka Mō'ī Kāne i 'ōlelo ai i ia lā.

"He *hō'oia'i'o* 'ana kēia no kona hewa," wahi a ka Mō'ī
Wahine: "no laila, 'o'oki—"

"'A'ohe wahi mea i hō'oia'i'o 'ia!" wahi a 'Āleka. "'A'ole nō
i maopopo iā 'oukou ka 'ōlelo!"

"Heluhelu 'ia mai," wahi a ka Mō'ī Kāne.

Kau maila ka Lāpaki Ke'oke'o i kona makaaniani. "I hea
wau e ho'omaka ai, e ka Mea Ki'eki'e?" i nīnau mai ai 'o ia.

"E ho'omaka ma ka ho'omaka 'ana," wahi a ka Mō'ī Kāne
ma ke 'ano kūo'o loa, "a e ho'omau aku 'oe ā hiki i ka pau
'ana: a laila, e kū."

Ua hāmau 'oko'a ka 'aha, 'oiai e heluhelu ana ka Lāpaki
Ke'oke'o i nā lālani mele:—

"Ua 'ōlelo 'ia mai aia 'oe me ia ala,
 A hō'ike akula 'oe iā ia no'u:
Maika'i kona hō'ike no'u,
 Akā, 'ōlelo 'o ia 'a'ole au 'ike i ka 'au.

Ho'ouna 'ia akula he 'ōlelo 'a'ole au i hele
 (Ua 'ike mākou he 'oia'i'o ia):
I noke 'o ia i ka mana'o,
 Pehea ho'i 'oe?

Hāʻawi akula au i ka wahine hoʻokahi, hāʻawi lākou i ke
kāne ʻelua,
Hāʻawi maila ʻoe iā mākou ʻekolu a ʻoi;
Hohoʻi lākou mai iā ia akula ā iā ʻoe,
Naʻu nō naʻe lākou ma mua iho.

I komo pū wau a i ʻole ʻo ia ala
I loko o ua moʻolelo nei,
Hilinaʻi ʻo ia iā ʻoe nāu hoʻokuʻu iā lākou,
E hele laʻelaʻe e like me ma mua.

ʻO koʻu kuhi, he kuʻia ʻoe
(Ma mua o kona loaʻa i kēia maʻi ʻūlala)
I hiki mai nei ma waena
Ona a me kākou nei, a me ia hoʻi.

Mai hōʻike iā ia ua keu kona hoihoi iā lākou,
No ka mea, he nani ia
He huna kēia e pono ai i ʻole lākou lā e ʻike,
Ma waena ia o kāua wale nō."

"ʻO ia ka hōʻike mea nui loa a kākou i lohe ai," wahi a ka
Mōʻī Kāne me ka ʻānaʻanai pū i kona mau lima; "no laila, e
hoʻoholo ke kiule—"

"Inā hiki i kekahi o lākou ke hoʻākāka mai i ia mea," wahi
a ʻĀleka (ua ulu akula ʻo ia ā nui loa i loko o nā minuke hope
ihola, ʻaʻole ʻo ia i makaʻu iki i ke kīkahō ʻana), "e hāʻawi wau
iā ia i ke keneka he ʻeono. ʻAʻole au hilinaʻi iki he mea nui
kēia."

Kākau pū ihola ke kiule ma luna o kā lākou mau papa
kākau, "ʻAʻole ʻo ia hilinaʻi he mea nui ia mea," akā, ʻaʻole
kekahi o lākou i hoʻāʻo e hoʻākāka i ka ʻōlelo o ka palapala.

"Inā ʻaʻohe wahi mea nui o ia mea," wahi a ka Mōʻī Kāne,
"Emi loa ka hana, no ka mea, ʻaʻohe pono e hoʻāʻo i ka

hoʻomaopopo aku. Eia naʻe, ʻaʻole maopopo iaʻu," kāna i hoʻomau ai me ka wehewehe pū ʻana hoʻi i nā lālani ma luna o kona ʻūhā ā hāmama loa a me ka nānā pū me hoʻokahi maka; "ʻano ʻike nō wau i kekahi mea nui o ua mea nei. ʻ—ʻōlelo ʻo ia ʻaʻole au ʻike i ka ʻau—' ʻaʻole ʻoe ʻike i ka ʻau ē?" kāna i hoʻomau ai me ka huli pū i ke Keaka.

Hoʻoluli ke Keaka i kona poʻo ma ke ʻano kaumaha. "He mea ʻau koʻu nānā ʻana?" kāna i ʻī ai. (ʻAʻole nō ʻo ia he ʻau, no kona hana ʻia ʻana i ka pepa.)

"ʻOia, maikaʻi nō," wahi a ka Mōʻī Kāne; a hoʻomau akula ʻo ia ma ka namunamu ʻana iā ia iho, iā ia hoʻi e heluhelu ana i nā lālani mele iā ia iho: "ʻUa ʻike mākou he ʻoiaʻiʻo ia'—ʻo ia hoʻi ke kiule—ʻI noke ʻo ia i ka manaʻo'—ʻo ka Mōʻī Wahine kēlā—ʻPehea hoʻi ʻoe?'—Pehea lā hoʻi!—ʻHāʻawi akula au i ka wahine hoʻokahi, hāʻawi lākou i ke kāne ʻelua'—ʻo ia nō paha kāna hana i ka meaʻono, ʻaʻole paha—"

"Akā naʻe, hoʻomau ka ʻōlelo '*Hohoʻi lākou mai iā ia akula ā iā ʻoe*'," wahi a ʻĀleka.

"Ai lā kā!" wahi a ka Mōʻī Kāne ma ke ʻano lanakila me ke kēnā pū i ka meaʻono ma luna o ka pākaukau. "'Aʻohe mea i ʻoi aʻe kona mōakāka i *kēlā*. Ei nō naʻe, '*Ma mua o kona loaʻa i kēia maʻi ʻūlala*'—ʻaʻohe nō ou loaʻa i ka *maʻi ʻūlala* ma mua ē, e kuʻu aloha?" wahi āna i ka Mōʻī Wahine.

"'Aʻole loa!" wahi a ka Mōʻī Wahine me ka huhū loa a me ke kiola pū i ke pā ʻīnika i ka Moʻo, iā ia e ʻōlelo ana. (Ua lilo ua wahi Pila nei i ke kākau ma luna o kāna papa kākau me hoʻokahi manamana lima, no ka mea, ua ʻike aku ʻo ia ʻaʻohe wahi kaha i kaha ʻia; akā, hoʻomaka hou maila ʻo ia ma ka pupuāhulu me ka hoʻohana pū i ka ʻīnika e kulu ana i lalo o kona maka ā pau loa ka ʻīnika.)

"No laila, ʻaʻole *kū* kēia mau ʻōlelo iā ʻoe," i hoʻopuka ai ka Mōʻī Kāne me ka nānā pū ā puni ka ʻaha me ka minoʻaka pū. Ua hāmau pū nā mea a pau.

"He kū i ka mea *ʻūlala* wale nō!" wahi a ka Mōʻī me ka leo nāukiuki, a ʻakaʻaka pū ihola nā poʻe a pau. "E hoʻoholo ke kiule i ko lākou manaʻo," wahi a ka Mōʻī Kāne, ʻo ka iwakālua paha ia o kona hoʻopuka ʻana i kēia ʻōlelo i ia lā.

"'Aʻole, ʻaʻole!" wahi a ka Mōʻī Wahine. "Hoʻoholo ʻia aʻe ka hoʻopaʻi ma mua—ma hope ka hoʻoholo ʻana."

"He hūpō wale nō kā hoʻi!" wahi a ʻĀleka me ka leo nui. "'O ka hoʻopaʻi ʻana kā ma mua!"

"E paʻa kēnā waha!" wahi a ka Mōʻī Wahine; e ʻulaʻula pū ana kona maka.

"'Aʻole!" wahi a ʻĀleka.

"'Oʻoki ʻia kona poʻo!" i ʻuā ʻino ai ka Mōʻī Wahine e like me ka ikaika i hiki. ʻAʻohe wahi poʻe i ʻoni iki.

"'O wai ke nānā iā ʻoe?" wahi a ʻĀleka (ua ulu aʻela ʻo ia ā piha kona lōʻihi maoli.) "He puʻu pepa wale nō kā hoʻi ʻoukou!"

129

Ma ia ʻōlelo ʻana, lewa maila ka puʻu pepa holoʻokoʻa ma ka lewa a lele maila lākou a pau a hilihili iā ia; ʻuā akula ʻo ia ma ke ʻano makaʻu a me ka huhū pū a hoʻāʻo akula ʻo ia e palepale iā lākou a ʻo kona loaʻa ihola nō ia iā ia iho a aia ʻo ia ma kapa o ke kahawai me kona poʻo e kau ana ma luna o ka ʻūhā o kona kaikuaʻana, a e kāhilihili mālie ana ʻo ia ala i kekahi mau lau maloʻo i heleleʻi maila mai luna mai o nā kumulāʻau mai a kau i luna o ko ia nei maka.

"E ala mai ʻoe, e ʻAleka!" wahi a kona kaikuaʻana, "Kā! Lōʻihi loa hoʻi kou hiamoe!"

"Auē, ua nui loa nō ke ʻano ʻē o koʻu moe!" wahi a ʻĀleka. A hahaʻi akula ʻo ia i kona kaikuaʻana e like me ka mea āna i hoʻomaopopo ai, ʻo kēia mau Hana Kupanaha loa āna i hana ai āu hoʻi i heluhelu mai nei ma ʻaneʻi nei; a i ka pau ʻana o kona hahaʻi ʻana, honi maila kona kaikuaʻana iā ia a ʻōlelo maila, "He kupanaha ʻiʻo nō kā hoʻi kēnā moe ou; akā, e holo aku ʻoe i ka pāʻina ahiahi: ua ahiahi kēia." No laila, kū aʻela ʻo ʻĀleka i luna a holo akula ma kahi ʻē me ka noʻonoʻo pū, iā ia e holo ana, he hoihoi a leʻaleʻa loa hoʻi kona moe.

Akā, hoʻomau akula kona kaikuaʻana i ka noho ʻana ma kona wahi e noho ana a hilinaʻi ʻo ia i kona poʻo ma luna o kona lima a nānā akula i ka napoʻo ʻana o ka lā me ka noʻonoʻo pū i kēia wahi ʻĀleka a me kāna mau Hana Kupanaha, a ʻaʻole i liʻuliʻu a lilo pū ʻo ia i ka hiamoe, a penei kona moe:—

Ma ka hoʻomaka ʻana, moe akula ʻo ia no ua wahi ʻĀleka nei: e kau ana kona mau wahi lima ma luna o kona kuli, a e nānā mai ana ko ia ala mau maka ʻālohilohi a pīhoihoi i ko ia nei mau maka—lohe aʻela ʻo ia i ko ia ala leo, a ʻike akula i ka huki ʻana o kona poʻo e hoʻolele ai i kona lauoho i hope ʻoiai he kuʻu mau ia mea i mua o kona mau maka—a iā ia hoʻi e hoʻolohe ana, ma ke ʻano hoʻi e hoʻāʻo ana ʻo ia e hoʻolohe, ʻōʻili maila nā mea ola ʻano ʻē a pau o ka moeʻuhane o kona wahi kaikaina.

E māewa ana ka mauʻu loloa ma kona mau wāwae i ka hoʻohala kikī ʻana mai o ka Lāpaki Keʻokeʻo iā ia— hoʻopakīpakī hele ana ka ʻIole makaʻu i loko o ka lua wai ma kekahi ʻaoʻao ona—lohe aʻela ʻo ia i ka nakeke ʻana o nā kīʻaha kī, ʻoiai e kaʻana like ana ka Lāpaki ʻEuʻeu a me kona mau hoa i kā lākou ʻaina pau ʻole, a me ka uō pū ʻana hoʻi o ka leo o ka Mōʻī Wahine e kēnā ana e pepehi ʻia kāna mau malihini—e kihe hou ana kekahi puaʻa pēpē ma luna o ke kuli o ke Kuke Wahine, ʻoiai hoʻi e nāhāhā hele ana nā pā ā puni ona—ka 'alalā 'ana o ke Galaipona, ka 'uī'uī 'ana o ka penikala o ka papa kākau a ka Mo'o, a me ka 'u'umi 'ia o ka leo o nā 'iole pua'a i kāohi 'ia, ua piha ho'i ka lewa i kēia hana kuli a hui pū 'ia me ka ha'u 'ana o ka Honu 'Ū kaumaha.

No laila, ho'omau akula 'o ia i ka noho 'ana me nā maka i pani 'ia, a kau maila nā mana'o no ka 'Āina Kamaha'o, eia na'e, ua 'ike nō 'o ia 'o ka wehe wale nō koe ka hana a ho'i mai ka nohona pāmalō o ke ao maoli—he nehe wale nō ka lau o ka mau'u i ka makani, a e 'ale'ale ana ka lua wai i ka māewa 'ana o ka nānaku—loli ka nakeke 'ana o nā kī'aha kī he kanikani o ka pele o nā hipa, a 'o ka uō 'ana o ka leo o ka Mō'ī Wahine, he leo kāhea ia o kekahi keiki kahu hipa—a 'o ke kihe 'ana o ka pēpē, ka 'alalā 'ana o ke Galaipona, a me nā 'ano kani 'ano 'ē like 'ole 'ē a'e, ua loli (ua 'ike nō 'o ia) 'o ia ho'i ka hana kuli o ka pā hānai holoholona—pani 'ia ka ha'u 'ana o ka Honu 'Ū me ka umo 'ana o nā pipi.

A laila, ma ka pau 'ana, 'ike a'ela 'o ia nona iho i kona wahi kaikaina, i ke au 'ana o ka manawa, he wahine o'o; a e mālama mau ana 'o ia, i kona hopena luahine, i nā ho'omana'o 'ana o kona wā kamali'i na'aupō; a me kona hō'ākoakoa pū 'ana i kāna mau kamali'i a hō'a'ā i ko lākou mau maka me ka pīhoihoi i nā mo'olelo kupanaha he nui, 'o ka moe'uhane paha ia o ka 'Āina Kamaha'o o ka wā e kala loa; a me kona no'ono'o 'ana i ko lākou kaumaha 'ana i nā mea 'ano 'ole a 'oli'oli ho'i i ko lākou le'ale'a wale 'ana me ka ho'omana'o pū ho'i i kona wā kamali'i pono'ī nō, a me nā lā ho'ohau'oli o ke kau wela.

Hili Hewa

He māhele i hoʻokumu ʻia ma luna o
Nā Hana Kupanaha a ʻĀleka ma ka ʻĀina Kamahaʻo

Wandering Astray

A fragment inspired in part by
Alice's Adventures in Wonderland

ʻŌlelo hoʻākāka Mua

*M*a ka lā 1 o Kēkēmapa 1870, ua paʻi ʻia kekahi kolamu ma ke ʻano he nane. He moʻolelo hoʻohālikelike Kalikiano kēia kolamu i hoʻohālikelike ʻia ai ka lāpaki keʻokeʻo o *Nā Hana Kupanaha a ʻĀleka ma ka ʻĀina Kamahaʻo* me ka hoʻowalewale ʻana e hāʻule i ka lawehala ʻana. ʻOiai ua manaʻo ʻia ʻaʻole i unuhi ʻia ʻo *Nā Hana Kupanaha a ʻĀleka* ma ka ʻōlelo Hawaiʻi i ka wā o kona puka mua ʻana, he hōʻike nō naʻe ka lawe ʻia ʻana o ka hōʻailona o ka lāpaki keʻokeʻo i haʻawina ma ka ʻōlelo Hawaiʻi i ka 1870 no ka laha laulā ʻana o ia moʻolelo ma Hawaiʻi nei e like me ia i laha aku ai ma nā ʻāina ʻē aʻe i nā makahiki o waena o ke kenekulia ʻumi kumamāiwa.

Preface

I present here an article taken from the Hawaiian language newspaper, *Ke Alaula*, 1 December 1870. The column is a religious allegory based on the white rabbit from *Alice's Adventures in Wonderland*, in which the role of the rabbit is compared to the temptation to sin. While *Alice* is not known to have been translated into Hawaiian at the time of its original release, the fact that the archetype of the white rabbit appears in the Hawaiian context in 1870 indicates that the influence of *Alice* did not escape societal consciousness in Hawai'i in the mid-19th century.

I think it's interesting that even though *Alice* was never translated into Hawaiian at the time, the archetypal rabbit leading someone away into sin and heartbreak (which must surely derive from *Alice*) indicates that even Hawaiians took the archetype as a symbol of distraction, leading into the unknown, leading to regret and sadness, etc. I wonder if people caught the pop culture reference to "the rabbit" in the newspaper column when they read it. Maybe there is an earlier translation of *Alice*, but I looked extensively and have so far not found any.

Hili Hewa [1]

ꞌI kuꞌu wā keiki, hoꞌouna aꞌela kuꞌu makua kāne iaꞌu i kekahi lā e lawe aku i kekahi mea ā i ka hale o kekahi makamaka, he mau mile ꞌekolu paha ka lōꞌihi o ke ala e hele aku ai ā hiki i ka hale o ua makamaka nei. A no ka mea, ua nui nā ala ꞌē aꞌe e manamana ana i ꞌō i ꞌaneꞌi, kuhikuhi pono maila ꞌo ia iaꞌu, "E hele pololei ꞌoe ma ke alanui ā hala ka lua o nā pōhaku mile, a hala mai ka hale nui ma ꞌō aku me nā lāꞌau kiꞌekiꞌe ma kona alo. A laila, e huli aꞌe ꞌoe ma ke ala e mana ana ma ka lima ꞌākau, a ꞌo kou alanui nō ia ā loaꞌa aku ka hale o ua makamaka nei. Mālama pono ꞌoe. Mai hili hewa." Pēlā maila kuꞌu makua.

ꞌO kuꞌu hoꞌomaka akula nō ia e hele. E like naꞌe me ke ꞌano mau o ke keiki, hele nanea akula au me ka pāꞌani ā hiki i kahi a kuꞌu makua i ꞌōlelo mai ai e mana ana ke alanui i ka hema a i ka ꞌākau. Ua palaka loa wau a ua poina i ke ala āna i kauoha mai ai o lāua. Noꞌonoꞌo ihola au ꞌo ka lima ꞌākau paha, ꞌo ka lima hema paha, ꞌo wai lā kāna i ꞌōlelo mai ai? Pēlā wau i nūnē iho ai ā liꞌuliꞌu, koho iho ka manaꞌo ma ka lima hema, a ꞌo ka hili hewa nō ia. Ke manaꞌo nei nō hoꞌi au,

---

1 Paꞌi mua ꞌia ma *Ke Alaula*, 1 Kēkēmapa 1870, ꞌao. 35

Wandering Astray [2]

*W*hen I was a child, my father sent me out one day to take something to the home of an acquaintance about a three mile distance journey to reach the house of this friend. And since there were many roads that branched out here and there, he pointed out in detail to me, "You go straight on the road until you pass the second mile stone marker after passing the large house on the other side of the tall trees facing that house. Then you turn on the pathway that goes off to the right, and that is the road you take to get to the home of this friend. Be careful. Don't wander off." That is what my father told me.

That is when I set off to go. But as usual for kids, I headed off casually playing as I went until I got to where my father told me the road would split to the left and the right. But I was distracted and forgot the pathway he directed me to take of the two. I wondered to myself if it was the one on the right or the left. Which one is the one he told me to take? That's what I wondered for a long while, and then I chose the one on the left, and that is where I went astray. I was thinking that

2 First published in *Ke Alaula*, 1 December 1870, p. 35

'o ke ala pono nō ia a ke hele aku nei me ka mana'olana ua kokoke hiki i ka hale.

Oi hele aku nō ā hāiki loa mai ke alanui, a hiki i kahi i pani pa'a 'ia ke ala e ka puka nui. Pi'i akula au ma luna o ka puka e lele aku ma kēlā 'ao'ao, eia kā, ua ha'i kekahi 'ami o ua puka nei, 'oala ana ka puka a palaha pū akula au i loko o ke ki'o lepo pa'apū loa i ka lepo. He wahi hale kokoke i ke alanui, a i ka lohe 'ana i ka nakeke o ka puka alanui, 'ō'ili mai ana he 'īlio e lele mai me ka huhū. Holo 'ino aku au ā i kahi lā'au e ulu ana, pi'i koke i luna. Eia kā, he lā'au kalakala, pa'apū i nā 'oi'oi; a nahae a'ela ku'u lakeke. Mana'o ihola au e 'oki i kekahi lālā i mea e pale aku ai i ka 'īlio. I unuhi a'e ka hana i ku'u pahi pelu, moku ku'u lima i ka pahi a hā'ule akula ka pahi i loko o ka nenelu a nalowale loa. Noho iho wau a ho'i aku ka 'īlio, iho hou mai i lalo a hele hou aku ma ke ala. Oi hele aku nō a hele aku, 'a'ohe loa'a aku i ka hale. A 'ike akula au i kekahi kanaka, nīnau akula au iā ia, "Aia ma hea ke ala e hiki aku ai i kahi o Mea?"

'Ī maila kēlā, "Ua hili hewa 'oe. 'A'ole kēia ke ala e hiki aku ai," a kuhikuhi maila 'o ia i kahi e hele ai ā loa'a aku i ke ala. 'O ku'u hele nō ia ā hiki pono i laila. A loa'a ka mea a'u i ho'ouna 'ia mai ai e ki'i, ho'i akula au i ku'u makua me ka mana'o kaumaha a me ka mihi i ku'u hili hewa 'ana. A 'ike maila ku'u makua ia'u, 'ī maila 'o ia, "E Lāpaki ē, i hea aku nei nō ho'i 'oe a pālua ka lō'ihi o kou hele 'ana i ka manawa kūpono o ia hele 'ana! Nani nō ho'i ka pa'apū o kou 'a'ahu i ka lepo! a no hea mai kēia nahae o kou lakeke?"

"Hahai akula nō ho'i au i ku'u lalau hewa 'ana a me nā pilikia i loa'a ia'u ma muli o ia hili hewa 'ana."

Pane maila 'o ia, "E Lāpaki ē, ke 'ike nei 'oe i ka pilikia o ka po'e i hili hewa ko lākou hele 'ana. He mea 'u'uku wale nō ia i ka ho'omaka 'ana; he mea nui na'e ma hope aku."

He po'e hele alanui nā kānaka a pau o kēia ao, a inā 'oe e nānā pono, e 'ike auane'i 'oe ua nui ka 'ilihune, a me ka uē, it was the right path and I was hoping that I would soon arrive at the house.

While I was going and the road became narrow, I came to where the path was blocked by a large gate. I climbed over the gate to jump over to the other side, but one hinge of the gate broke and the the door flipped over and I fell into the mire that was completely covered in mud. It was a house close to the road, and upon hearing the creek of the roadside gate, a dog appeared and lunged at me angrily. I bolted to a tree that was growing there and swiftly made my way up it. But it was a thorny tree covered in thorns and my jacket was torn. I thought to cut a branch to defend myself from the dog. But when I reached for my folding knife, I cut my hand on the knife and it fell into the mud and disappeared. I sat there and the dog went back, and then I made my way down and continued on the road. On my way, I did not find the house. When I saw a man, I asked him, "Where is the road to get to So-and-So's house?"

He told me, "You are way off. This isn't the road to get there," and he pointed me the way to find the road. I then made my way right to there. When I found the man to whom I was sent, I went back to my father in a sad state and apologized for having wandered off. When my father saw me, he said, "Oh, Rabbit, where did you go that it took you twice as long as normal to get there! Look how covered your clothes are in dirt! and how did your jacket get so torn?"

"I followed the direction I veered off into and the problems I encountered were because I wandered off."

He answered, "Oh, Rabbit, you see what the problem is with those who go astray. It is only a small thing at first, then becomes a big thing afterwards."

All people in the world travel roads, and if you look carefully, you will see that there are many poor, many wh~

a me ka pilikia ma kēia ao. A ʻo ka hapa nui o kēia mau ʻino a pau, ua loaʻa ma muli o ka hili hewa ʻana.

Inā ʻoe e ʻike i ka mea mālama ʻole i ka lā Kāpaki, ua hili hewa ʻo ia. Ua kuhikuhi mai kona Makua ma ka lani i ke alanui pono e hele ai, eia naʻe, ua lalau ʻo ia.

Inā ʻoe e ʻike i ke keiki hoʻokuli a hoʻowahawaha i kona mau mākua, aia hou ua hili hewa nei.

Inā ʻoe e ʻike i ka mea inu ʻona, ke ʻike nei ʻoe i ka mea hili hewa.

Pēlā nō hoʻi ka piliwaiwai, ka ʻaihue, ka leʻaleʻa, a pēlā aku; he mau alanui wale nō e hili hewa ai.

Hoʻokahi wale nō alanui e hiki aku ai i ka lani, ʻo ia nō ka hahai ʻana ma muli o Kristo. ʻO nā alanui ʻē aʻe a pau, he mau alanui hili hewa wale nō, a ʻo ka poʻe a pau e kāpae ana ma ia mau alanui, e auhuli hia auaneʻi i lalo i ka lua ahi ke ʻole lākou e huli ʻānō a ʻimi i ke alanui ʻoiaʻiʻo hoʻokahi ā loaʻa aku.

cry, and many problems in this world. The majority of these ills come as a result of wandering astray.

If you see one who does not observe the Sabbath, he is one who has strayed. His Father in heaven pointed out the right road to travel on, but he has strayed away.

If you see a child who does not mind and reviles his parents, again you have one who has gone astray.

If you see someone who drinks and gets drunk, you are seeing one who has gone astray.

This is true too for gambling, stealing, lasciviousness, and so on; these are roads that lead one astray.

There is only one way to heaven, and that is by following Christ. All other roads are roads that lead astray, and those who set off on those roads eventually get toppled over and find themselves in the pit of fire unless they turn immediately and seek out the one, true pathway to find their way there.

SOURCES

Alice's Adventures in Wonderland: The Evertype definitive edition,
by Lewis Carroll, 2016

Alice's Adventures in Wonderland, illus. June Lornie, 2013

Alice's Adventures in Wonderland, illus. Mathew Staunton, 2015

Alice's Adventures in Wonderland, illus. Harry Furniss, 2016

Through the Looking-Glass and What Alice Found There,
by Lewis Carroll, 2009

The Nursery "Alice", by Lewis Carroll, 2015

Alice's Adventures under Ground, by Lewis Carroll, 2009

The Hunting of the Snark, by Lewis Carroll, 2010

SEQUELS

A New Alice in the Old Wonderland, by Anna Matlack Richards, 2009

New Adventures of Alice, by John Rae, 2010

Alice Through the Needle's Eye, by Gilbert Adair, 2012

Wonderland Revisited and the Games Alice Played There,
by Keith Sheppard, 2009

Alice and the Boy who Slew the Jabberwock,
by Allan William Parkes, 2016

SPELLING

Alice's Adventures in Wonderland,
Retold in words of one Syllable by Mrs J. C. Gorham, 2010

𐐶𐐮𐑅'𐑆 𐐰𐐼𐑂𐐲𐑌𐐽𐐲𐑉𐑆 𐐮𐑌 𐐶𐐲𐑌𐐼𐐲𐑉𐑊𐐰𐑌𐐼,
Alice printed in the Deseret Alphabet, 2014

𐐓 𐐐𐐲𐑌𐐮𐑊𐐮𐑍 𐐲𐑂 𐐼 𐑅𐑌𐐸𐑉𐐿,
The Hunting of the Snark printed in the Deseret Alphabet, 2016

𐐢𐐮𐐿𐐮𐑍-𐐘𐑊𐐰𐑅 𐐰𐑌𐐼 𐐶𐐲𐐻 𐐰𐑊𐐮𐑅 𐐑𐐬𐑌𐐼 𐐛𐐯𐑉,
Looking-Glass printed in the Deseret Alphabet, 2016

Alice's Adventures in Wonderland,
Alice printed in Dyslexic-Friendly fonts, 2015

ᐱ-ᓯᑕ'ᔕ ᐱ�},ᕕᎥᑊᑊ ᒪᕒᕒᔕ Ꭵᑊᑊ ᐱ ᕝᐟ ᔕ-ᕕ ᐱᎥᔕ ᐧᐧᑉᎥᕝᔕ=ᐱᑊᑊᕝ,
Alice printed in a font that simulates Dyslexia, 2015

ᏮᏝ-ᏮᏝᏝᑊ ᏮᏰᏝ-ᏮᏝ-ᏝᏝᏝᏝ ᏮᏝ ᏝᏮ-ᏝᑊᏮᏝ-Ꮾ-Ꮭᑊ,
Alice printed in the Ewellic Alphabet, 2013

'Ælɪsɪz Əd'ventʃəz ɪn 'Wʌndə,lænd,
Alice printed in the International Phonetic Alphabet, 2014

Alis'z Advnc̆rz in Wundland, *Alice* printed in the Ñspel orthography, 2015

°. ᒪ ᐟ ᐸ ᒣ ᐟ ᒥ °. ᔓ °: ᒣ ᒲ ᐧ ·· ᔓ ᒣ ᒥ ᐟ ᒲ ·· ᒲ ᒲ ᒲ ᒣ ᔓ ᐨ ·. ᒲ ᔓ,
Alice printed in the Nyctographic Square Alphabet, 2011

·ɹɕɪʃ'ɾʔ ɾʧɾɯʲlʰɔʔ ɴ ·ʲɳʲɯɔɕɴʲ, *Alice* printed in the Shaw Alphabet, 2013

ALISIZ ADVENCƷRZ IN WUNDRLAND,
Alice printed in the Unifon Alphabet, 2014

ᏖᏗᏙᏗᏬᏗᏂᏬᏟᏬ ᏂᏬᏬᏢᏗᏬᏗᏛ ᏂᏗᏫ (Aliz kalandjai Csodaországban),
The Hungarian *Alice* printed in Old Hungarian script, tr. Anikó Szilágyi, 2016

SCHOLARSHIP

Reflecting on Alice: A Textual Commentary
on *Through the Looking-Glass*, by Selwyn Goodacre, 2016

Elucidating Alice: A Textual Commentary on *Alice's Adventures in Wonderland*, by Selwyn Goodacre, 2015

Behind the Looking-Glass: Reflections on the Myth
of Lewis Carroll, by Sherry L. Ackerman, 2012

Selections from the Lewis Carroll Collection
of Victoria J. Sewell, compiled by Byron W. Sewell, 2014

SOCIAL COMMENTARY

Clara in Blunderland, by Caroline Lewis, 2010

Lost in Blunderland: The further adventures of Clara,
by Caroline Lewis, 2010

John Bull's Adventures in the Fiscal Wonderland, by Charles Geake, 2010

آليس در سرزمين عجايب (Âlis dar Sarzamin-e Ajâyeb),
Alice in Dari, tr. Rahman Arman, 2015

La Aventuroj de Alicio en Mirlando,
Alice in Esperanto, tr. E. L. Kearney (1910), 2009

La Aventuroj de Alico en Mirlando,
Alice in Esperanto, tr. Donald Broadribb, 2012

Trans la Spegulo kaj kion Alico trovis tie,
Looking-Glass in Esperanto, tr. Donald Broadribb, 2012

Les Aventures d'Alice au pays des merveilles,
Alice in French, tr. Henri Bué, 2015

Les Aventures d'Alice au pays des merveilles,
Alice in French, tr. Henri Bué, illus. Mathew Staunton, 2015

Alisanın Gezisi Şaşilacek Yerdä,
Alice in Gagauz, tr. Ilya Karaseni, 2017

ელისის თავგადასავალი საოცრებათა ქვეყანაში
(Elisis t'avgadasavali saoc'rebat'a k'veqanaši),
Alice in Georgian, tr. Giorgi Gokieli, 2016

Alice's Abenteuer im Wunderland,
Alice in German, tr. Antonie Zimmermann, 2010

Die Lissel ehr Erlebnisse im Wunnerland,
Alice in Palantine German, tr. Franz Schlosser, 2013

Der Alice ihre Obmteier im Wunderlaund,
Alice in Viennese German, tr. Hans Werner Sokop, 2012

Balþos Gadedeis Aþalhaidais in Sildaleikalanda,
Alice in Gothic, tr. David Alexander Carlton, 2015

Nā Hana Kupanaha a ʻAleka ma ka ʻĀina Kamahaʻo,
Alice in Hawaiian, tr. R. Keao NeSmith, 2017

Ma Loko o ke Aniani Kū a me ka Mea i Loaʻa iā ʻAleka
ma Laila, *Looking-Glass* in Hawaiian, tr. R. Keao NeSmith, 2017

Aliz kalandjai Csodaországban,
Alice in Hungarian, tr. Anikó Szilágyi, 2013

Eachtra Eibhlíse i dTír na nIontas,
Alice in Irish, tr. Pádraig Ó Cadhla (1922), 2015

Eachtraí Eilíse i dTír na nIontas, *Alice* in Irish, tr. Nicholas Williams, 2007

Lastall den Scáthán agus a bhFuair Eilís Ann Roimpi,
Looking-Glass in Irish, tr. Nicholas Williams, 2009

Le Avventure di Alice nel Paese delle Meraviglie,
Alice in Italian, tr. Teodorico Pietrocòla Rossetti, 2010

Alis Advencha ina Wandalan,
Alice in Jamaican Creole, tr. Tamirand Nnena De Lisser, 2016

L's Aventuthes d'Alice en Êmèrvil'lie,
Alice in Jèrriais, tr. Geraint Williams, 2012

L'Travèrs du Mitheux et chein qu'Alice y dèmuchit,
Looking-Glass in Jèrriais, tr. Geraint Williams, 2012

Элисэнің гажайып елдегі басынан кешкендері
(Älïsäniñ ğajayıp eldegi basınan keşkenderi),
Alice in Kazakh, tr. Fatima Moldashova, 2016

Алисаның Хайхастар Чирінзер чорыгы
(Alïsanıñ Hayhastar Çïrinzer çorığı),
Alice in Khakas, tr. Maria Çertykova, 2017

Алисанын Кызыктар Өлкөсүндөгү укмуштуу окуялары
(Alisanın Kızıktar Ölkösündögü ukmuştuu okuyaları),
Alice in Kyrgyz, tr. Aida Egemberdieva, 2016

Las Aventuras de Alisia en el Paiz de las Maraviyas,
Alice in Ladino, tr. Avner Perez, 2016

לאס אבﬞﬞיﬠﬞﬢﬥﬠﬧﬞﬞﬢ דﬠ אﬥﬠ﬩ﬠﬞ ﬠשּׁ ﬠﬥ פﬠﬠﬦﬠﬠ ﬞﬦﬥ ﬥﬠ﬩ שׁﬠﬧﬠשׂﬠשּׁﬞﬥﬠ﬩שׂﬞ
(Las Aventuras de Alisia en el Paiz de las Maraviyas),
Alice in Ladino, tr. Avner Perez, 2016

Alisis pīdzeïvuojumi Breinumu zemē,
Alice in Latgalian, tr. Evika Muizniece, 2015

Alicia in Terra Mirabili, *Alice* in Latin, tr. Clive Harcourt Carruthers, 2011

Aliciae per Speculum Trānsitus (Quaeque Ibi Invēnit),
Looking-Glass in Latin, tr. Clive Harcourt Carruthers, Forthcoming

Alisa-ney Aventuras in Divalanda, *Alice* in Lingua de Planeta (Lidepla), tr.
Anastasia Lysenko & Dmitry Ivanov, 2014

La aventuras de Alisia en la pais de mervelias,
Alice in Lingua Franca Nova, tr. Simon Davies, 2012

Alice ehr Eventüürn in't Wunnerland,
Alice in Low German, tr. Reinhard F. Hahn, 2010

Contoyrtyssyn Ealish ayns Çheer ny Yindyssyn,
Alice in Manx, tr. Brian Stowell, 2010

Ko Ngā Takahanga i a Ārihi i Te Ao Mīharo,
Alice in Māori, tr. Tom Roa, 2015

Dee Erläwnisse von Alice em Wundalaund,
Alice in Mennonite Low German, tr. Jack Thiessen, 2012

Auanturiou adelis en Bro an Marthou,
Alice in Middle Breton, tr. Herve Le Bihan & Herve Kerrain, Forthcoming

The Aventures of Alys in Wondyr Lond,
Alice in Middle English, tr. Brian S. Lee, 2013

L'Avventure d'Alice 'int' 'o Paese d' 'e Maraveglie,
Alice in Neapolitan, tr. Roberto D'Ajello, 2016

L'Aventuros de Alis in Marvoland, *Alice* in Neo, tr. Ralph Midgley, 2013

Elises Eventyr i Undernes Land: den første norske *Alice*:
Elise's Adventures in the Land of Wonders: the first Norwegian *Alice,*
Alice in Norwegian, ed. & tr. Anne Kristin Lande, 2016

Æðelgýðe Ellendæda on Wundorlande,
Alice in Old English, tr. Peter S. Baker, 2015

La geste d'Aalis el Païs de Merveilles,
Alice in Old French, tr. May Plouzeau, 2017

Alitjilu Palyantja Tjuta Ngura Tjukurmankuntjala (Alitji's Adventures
in Dreamland), *Alice* in Pitjantjatjara, tr. Nancy Sheppard, 2017

Alitji's Adventures in Dreamland: An Aboriginal tale inspired by
Alice's Adventures in Wonderland, adapted by Nancy Sheppard, 2017

Alice Contada aos Mais Pequenos,
The Nursery "Alice" in Portuguese, tr., Rogério Miguel Puga, 2015

Соня въ царствѣ дива (Sonia v tsarstvie diva):
Sonja in a Kingdom of Wonder,
Alice in facsimile of the 1879 first Russian translation, 2013

Соня в царстве дива (Sonia v tsarstve diva),
An edition of the first Russian *Alice* in modern orthography, 2017

Охота на Снарка (Okhota na Snarka),
The Hunting of the Snark in Russian, tr. Victor Fet, 2016

Ia Aventures as Alice in Daumsenland,
Alice in Sambahsa, tr. Olivier Simon, 2013

Ocolo id Specule ed Quo Alice Trohv Ter,
Looking-Glass in Sambahsa, tr. Olivier Simon, 2016

'O Tāfaoga a 'Alise i le Nu'u o Mea Ofoofogia,
Alice in Samoan, tr. Luafata Simanu-Klutz, 2013

Eachdraidh Ealasaid ann an Tir nan Iongantas,
Alice in Scottish Gaelic, tr. Moray Watson, 2012

Alice's Adventchers in Wunderland,
Alice in Scouse, tr. Marvin R. Sumner, 2015

Mbalango wa Alice eTikweni ra Swihlamariso,
Alice in Shangani, tr. Peniah Mabaso & Steyn Khesani Madlome, 2015

Ahlice's Aveenturs in Wunderlaant,
Alice in Border Scots, tr. Cameron Halfpenny, 2015

Alice's Mishanters in e Land o Farlies,
Alice in Caithness Scots, tr. Catherine Byrne, 2014

Alice's Adventirs in Wunnerlaun,
Alice in Glaswegian Scots, tr. Thomas Clark, 2014

Ailice's Anters in Ferlielann,
Alice in North-East Scots (Doric), tr. Derrick McClure, 2012

Alice's Adventirs in Wonderlaand,
Alice in Shetland Scots, tr. Laureen Johnson, 2012

Ailice's Àventurs in Wunnerland,
Alice in Southeast Central Scots, tr. Sandy Fleemin, 2011

Ailis's Anterins i the Laun o Ferlies,
Alice in Synthetic Scots, tr. Andrew McCallum, 2013

Alice's Carrànts in Wunnerlan,
Alice in Ulster Scots, tr. Anne Morrison-Smyth, 2013

Alison's Jants in Ferlieland,
Alice in West-Central Scots, tr. James Andrew Begg, 2014

Alice muNyika yeMashiripiti,
Alice in Shona, tr. Shumirai Nyota & Tsitsi Nyoni, 2015

Алисаныҥ қайгаллыг Чериҥде полган чоруқтары
(Alisanıñ qayğallığ Çerinde polğan çoruqtarı),
Alice in Shor, tr. Liubov′ Arbaçakova, 2017

Alis bu Cëlmo dac Cojube w dat Tantelat,
Alice in Ṣurayt, tr. Jan Beṭ-Ṣawoce, 2015

Alisi Ndani ya Nchi ya Ajabu, *Alice* in Swahili, tr. Ida Hadjuvayanis, 2015

Alices Äventyr i Sagolandet, *Alice* in Swedish, tr. Emily Nonnen, 2010

'Alisi 'i he Fonua 'o e Fakaofo',
Alice in Tongan, tr. Siutāula Cocker & Telesia Kalavite, 2014

Ventürs jiela Lālid in Stunalän, *Alice* in Volapük, tr. Ralph Midgley, 2016

Lès-avirètes da Alice ô payis dès mèrvèyes,
Alice in Walloon, tr. Jean-Luc Fauconnier, 2012

Anturiaethau Alys yng Ngwlad Hud, *Alice* in Welsh, tr. Selyf Roberts, 2010

I Avventur de Alis ind el Paes di Meravili,
Alice in Western Lombard, tr. GianPietro Gallinelli, 2015

U-Alisi Kwilizwe Lemimangaliso,
Alice in Xhosa, tr. Mhlobo Jadezweni, 2017

Di Avantures fun Alis in Vunderland,
Alice in Yiddish, tr. Joan Braman, 2015

Alises Avantures in Vunderland,
Alice in Yiddish, tr. Adina Bar-El, Forthcoming

Insumansumane Zika-Alice,
Alice in Zimbabwean Ndebele, tr. Dion Nkomo, 2015

U-Alice Ezweni Lezimanga, *Alice* in Zulu, tr. Bhekinkosi Ntuli, 2014

CPSIA information can be obtained
at www.ICGtesting.com
Printed in the USA
BVHW070041011019
559784BV00002B/200/P

9 781782 011668